Sandra Hausser

Düstere Rache

Rhein-Main-Krimi 3

AF198602

Sandra Hausser

Düstere Rache

Rhein-Main-Krimi

Impressum

Bibliografische Information der Deutschen Nationalbibliothek:
Die Deutsche Nationalbibliothek verzeichnet diese Publikation in der
Deutschen Nationalbibliografie; detaillierte bibliografische Daten sind
im Internet über http://dnb.dnb.de abrufbar.

3.te Auflage

© 2020 Sandra Hausser, Karl-Liebknecht-Straße 4, 65479 Raunheim

Lektorat: Midnight by Ullstein
Korrektorat: Midnight by Ullstein

Herstellung und Verlag: BoD – Books on Demand, Norderstedt

ISBN: 9783751907156

Alle Welt schien ausgeflogen. Die Sommerferien, die sich seit einer Woche in vielen Bundesländern überschnitten, sorgten für leergefegte Straßen. Nur vereinzelt begegneten Hannah Bindhoffer auf ihrem Heimweg andere Fahrzeuge, und sie kam rascher als erwartet voran.

Die halbe Nation ist in den Flieger Richtung Süden gestiegen oder per Auto am Urlaubsort angelangt. So leer habe ich es hier noch nie erlebt. Gleich kommt schon die Abfahrt Reiskirchen.

Die Kommissarin hatte einige Tage Urlaub in der Heimatstadt Hamburg gemacht und dort ihre Eltern und ein paar Freunde besucht. Jetzt freute sie sich, zurück in ihren Wirkungskreis, das Rhein-Main-Gebiet, zu kommen. Ihren Entschluss, die Versetzung aus der Hansestadt zu bewirken, um alten Problemen aus dem Weg zu gehen und neue Tätigkeitsfelder zu erkunden, bereute sie keine Sekunde. Nach fast vier Jahren im Dienst der Kripo Rüsselsheim waren ihr die Kollegen ans Herz gewachsen. Ein funktionierendes Team, das sich gegenseitig respektierte, half und hervorragend zusammenarbeitete. Eine Arbeitsweise, die sie aus ihrem früheren Alltag nicht kannte – in Hamburg hatte ein Arbeitskollege die Abteilung terrorisiert und damit eine gute Zusammenarbeit unmöglich gemacht.

Im Radio liefen die achtzehn Uhr Nachrichten. Die Kommissarin lauschte konzentriert den Meldungen, als ihr ein fröhliches Pfeifen auffiel. Zwischen den Worten des Sprechers war es eindeutig zu vernehmen. Es klang absolut unpassend und störend. Erstaunt hörte sie genauer hin und nahm es erneut deutlich wahr. Sie schüttelte den Kopf.

Als sie das heitere Geräusch ein drittes Mal hörte, drehte sie das Radio leise. Nach einigen Sekunden ertönte es wieder, nun vernehmlicher und laut. Eine Gänsehaut breitete sich über ihre Arme auf dem gesamten Körper aus. Das Pfeifen kam keineswegs aus dem Autoradio.

Jemand muss mein Auto aufgebrochen und etwas im Handschuhfach deponiert haben, dachte sie ängstlich, als das Pfeifgeräusch verstummte. Mit klopfendem Herzen hielt sie nach einem Hinweisschild für eine Raststätte oder einen Parkplatz Ausschau. Acht Kilometer bis zum nächstliegenden Rastplatz. Sie drehte den Ton des Radios auf, um sich von dem beklemmenden Gefühl in ihrem Inneren abzulenken. Mit dem Fuß auf dem Gaspedal, das sie tief hinunterdrückte, schoss sie auf der linken Fahrspur vorwärts. Dabei entging ihr der Wagen, der seit mehreren Minuten dicht hinter ihr fuhr.

Das fröhliche Pfeifen erklang erneut. Die Kommissarin hielt das Lenkrad fest umklammert und begann zu schwitzen. Der Rasthof lag noch immer mindestens drei

Kilometer entfernt. Im Geiste sah sie ihr Auto bereits explodieren und konnte sich kaum mehr auf die Fahrbahn konzentrieren.

Es ist der Klingelton eines alten Handys, identifizierte sie das Geräusch. Ja, Vaddern hatte früher genau diesen Ton. Aber wer sollte mir heimlich ein Telefon ins Auto legen und warum? Das ergibt keinen Sinn!

Die Kommissarin atmete bewusst einige Male tief ein und versuchte, ihre Angst, die stetig zunahm, in den Griff zu bekommen. Der dunkelblaue SUV beschleunigte und fuhr bedrohlich dicht auf. Hannah, die nervös die letzten Meter zum Rastplatz zurücklegte, um dem Geräusch auf den Grund gehen zu können, blickte starr geradeaus. Der pfeifende Klingelton verstummte und die Kommissarin atmete erleichtert aus. Erst als das Auto hinter ihr so nah auffuhr, dass sie es im Rückspiegel nicht mehr übersehen konnte, nahm sie die drohende Gefahr wahr. »Was soll das denn, verdammt noch mal?«, rief sie empört, setzte den Blinker und zog auf die Mittelspur. »Dann fahr doch vorbei, du Arsch!«

Susi benötigte drei Versuche, bis der Schlüssel das Tor zum Garten öffnete. Zielstrebig lief sie zum Schuppen, zog die knarzende Holztür auf und ging hinein. Sie blickte auf ein buntes Sammelsurium aus Gartenschläuchen, Blumenkästen, Gartengeräten, Kübeln und Pflanzenschutzmitteln. Wo hatte ihr die Freundin gesagt, standen die Gießkannen? Sie trat näher ans Regal, konnte jedoch keine Kanne entdecken. Sie vermutete, dass Lydia vergessen hatte, alles parat zu stellen. Als sie gestern kurz vor ihrer Abreise in den Urlaub angerufen hatte, um sich zu verabschieden, hatte Susi sofort gemerkt, dass die Freundin ihrem Zeitplan hinterherlief.

»Du kennst mich doch. Mache mal wieder alles auf den letzten Drücker, und nun weiß ich kaum, wie ich es schaffen soll rechtzeitig fertig zu werden.«

»Sei unbesorgt, ich finde sicher, was ich brauche. Sieh zu, dass du deinen Koffer gepackt bekommst und die notwendigen Dokumente mitnimmst«, hatte Susi geantwortet und ihr eine spannende und erholsame Reise gewünscht.

Die Freundin schien sie beim Wort genommen und darauf vertraut zu haben, dass Susi zusammensuchen würde, was sie für die Betreuung der Wohnung und des Gartens brauchte.

Schulterzuckend begab sie sich zur Eingangstür, schloss auf und ging hinein.

Auch in der Küche fand sie weder eine Gießkanne, noch ein anderes Küchenutensil, dass sie zur Bewässerung der zahlreichen Topfpflanzen hätte umfunktionieren können.

Sie lief zur Terrassentür und trat ins Freie. Doch hier entdeckte sie ebenfalls nichts Geeignetes.

»Himmel, irgendwo muss sie die Dinger doch abgestellt haben«, sagte sie laut und begab sich zurück in die Wohnung. »Na logisch, die Abstellkammer«, rief sie.

Susi betrat den Raum. Sofort sah sie die Gießkannen, die in einem Regal weiter hinten standen. Sie griff nach einem mittelgroßen Exemplar.

»So muss ich zwar öfter gehen, aber dafür nicht so schleppen. Mein Rücken wird es mir danken«, erklärte sie laut und lachte auf. »Zum Glück bekommt niemand mit, dass ich ständig mit mir selbst plappere. Eindeutiges Erbe väterlicherseits. Ich erinnere mich noch, wie ich ihn das erste Mal mit einem leeren Raum sprechen hörte.«

Ihre Gedanken schweiften in die Vergangenheit. *Klar führe ich Selbstgespräche, wenn gerade niemand in der Nähe ist. Ständige Stille macht einen krank. Und informativer als die Stimmen aus dem Radio bin ich allemal, liebe Susanne,* hatte er ihr erklärt und gelächelt.

Ihr Vater hatte sie als Einziger mit vollem Namen angesprochen. Seit seinem Tod hieß sie für alle nur noch Susi.

Sie seufzte bekümmert und ging in die Küche zurück. Sie befüllte die Kanne und blickte sich um. In Sachen Aufräumen und Putzen hatte die Freundin ganze Arbeit geleistet, bevor sie ihren wohlverdienten Urlaub in der Toskana angetreten hatte. Der Fußboden und die Küchenarmaturen glänzten strahlend um die Wette. Alle Gegenstände standen an ihrem Platz und nichts lag herum. Kein Krümel oder Fleck, der die Ordnung störte.

Sie trug die Gießkanne nach draußen und begann, systematisch am hinteren Ende der Terrasse zu wässern. Dabei bewunderte sie die prächtigen Pflanzen. Lydia besaß einfach den grüneren Daumen, und Susi hoffte, dass die Blumen auch noch so üppig aussahen, wenn die Freundin aus dem Urlaub zurückkam.

Auf dem Weg zurück in die Küche blieb sie im Wohnzimmer stehen, stellte die Kanne ab und sah über die Buchrücken der im Regal alphabetisch eingeordneten Bücher. Beim gestrigen Telefonat hatte ihr die Freundin einen Roman empfohlen, den sie ihr herauslegen wollte. Leider schien auch das in der Eile des Aufbruchs vergessen worden zu sein. Susi glitt mit dem Finger bis zum Buchstaben M, denn sie glaubte sich zu erinnern, dass der Autorenname mit einem M begann.

Ein leises Knarzen ließ sie aufhorchen. Sie lauschte in die verlassene Wohnung, doch alles blieb still. *Du bist ein echter Angsthase. Hör auf, überall Gespenster zu sehen,* schimpfte sie in Gedanken und suchte weiter nach dem Buch. Maier, Maiwald, Meister, ihr Zeigefinger stoppte abrupt auf dem Autorennamen Meyer mit y. Dann hörte sie erneut ein dezentes Knacken. Langsam und ängstlich drehte sie sich vom Regal weg und sah durchs Wohnzimmer. Der Raum war verlassen, doch der Drang, rasch aus der Wohnung zu fliehen, wuchs sekündlich. Ein Kribbeln, das in Höhe ihrer Halswirbelsäule ansetzte und mit rasanter Geschwindigkeit hinunter bis zu den Fußspitzen schoss, läutete alle ihre Alarmglocken. Vorsichtig, einen Fuß vor den anderen setzend, bewegte sie sich in Richtung Flur. Angespannt hielt sie den Atem an.

Das Geräusch ertönte erneut. Dieses Mal wesentlich deutlicher. Susi vermutete den Ursprung im Schlafzimmer, das links neben dem Wohnzimmer lag. Sie schaute in den verlassenen Flur, huschte in die Küche und zog ein Messer aus dem Messerblock. Mit erhobener Klinge schlich sie zur Schlafzimmertür und drückte die Türklinke langsam hinunter.

22. JUNI 2016, AUF DER AUTOBAHN

Zeitgleich mit dem heftigen Aufprall auf ihre Stoßstange, der sie an die Leitplanke schleuderte und das Auto anschließend einmal um die eigene Achse drehte, setzte die Klingelmelodie erneut ein. Hannah stöhnte auf. Der herausgeschossene Airbag nahm ihr die Sicht auf die Fahrbahn, stank nach Kunststoff und drückte schmerzhaft auf ihren Brustkorb. Sie bewegte vorsichtig die Gliedmaßen, um einen ersten Eindruck von möglichen Verletzungen zu bekommen. Der linke Unterarm tat höllisch weh und zusätzlich rann ihr etwas Klebriges in die Augen. Sie vermutete eine Platzwunde, die oberhalb der Augenbrauen liegen musste. Sonst schien sie unverletzt, zumindest nach dem zu urteilen, was sie im Augenblick fühlte. Die Klingeltonmelodie ertönte mit jeder Minute lauter im Wageninneren. Hannah versuchte, ans Handschuhfach zu gelangen, wo sie den lärmenden Gegenstand vermutete, und stöhnte vor Schmerz auf.

Ein Passat hielt neben ihrem Fahrzeug. Ein junger Mann mit Nickelbrille und strubbeligem Haar klopfte an die Scheibe. »Sind Sie okay?« Zeitgleich verstummten die Töne im Handschuhfach.

Hannah nickte. »Soweit ist alles gut, aber könnten Sie versuchen, mich hier rauszuholen?«

Er schüttelte den Kopf. »Der Rettungsdienst ist bereits informiert. Die müssten gleich hier sein. Lassen Sie uns bis dahin lieber warten. Nicht, dass ich etwas verschlimmere, wenn ich an Ihnen ziehe. Bekommen Sie ausreichend Luft?«, hielt er das Gespräch am Laufen.

»Ja, kein Problem.«

»Wo haben Sie Schmerzen?«

»Ich glaube, mein linker Arm ist gebrochen. Ansonsten scheint mir nichts weiter passiert zu sein. Ich fühle mich ein wenig eingequetscht, aber das war's.«

»Das ist gut«, erwiderte der junge Mann erleichtert. »Ich heiße übrigens Sören.«

»Hannah«, antwortete die Kommissarin. »Haben Sie den Wagen gesehen, der mir draufgefahren ist?«

Er schüttelte bedauernd den Kopf. »Leider nein. Als ich kam, drehte sich Ihr Auto bereits um die eigene Achse und es war kein anderes Fahrzeug mehr zu sehen. Zum Glück ist diese Strecke um die Zeit wenig befahren.«

»Oder eben Pech, denn niemand hat gesehen, was passiert ist.«

Das Geräusch aus dem Handschuhfach setzte wieder ein. Für einen Moment hatte die Kommissarin es verdrängt und erschrak nun umso mehr. Von einer massiven Woge der Angst umspült wusste sie, dass sie augenblicklich handeln musste. »Könnten Sie die Beifahrertür öffnen und mir das Handy aus dem Handschuhfach holen?«

»Tut mir leid, aber der Anrufer wird es später noch einmal versuchen müssen. Ich rühre nichts an.«

»Ach kommen Sie schon, bitte, es klingelt dauernd, vermutlich ist es dringend«, versuchte die Kommissarin den Mann zu überzeugen.

»Nein«, antwortete Sören unmissverständlich.

Ein roter Renault hielt an der Unfallstelle und ein Ehepaar stieg aus. Sie erkundigten sich, ob bereits alle nötigen Anrufe getätigt worden waren.

»Die 112 ist verständigt. Die sagten mir, dass sie einen Krankenwagen und die Polizei schicken«, erklärte Sören mit einer Spur Stolz in der Stimme. Hannah nahm an, dass der junge Mann den Führerschein noch nicht allzu lange besaß und sich freute, an der Unfallstelle alles im Griff zu haben.

Die Frau trat ans Seitenfenster und lächelte die Kommissarin unsicher an. »Kann ich etwas für Sie tun?«

»Ja, wenn Sie mir bitte das Handy aus dem Handschuhfach geben würden? Es klingelt ständig und ich vermute, dass meine Nichte ihr Kind zur Welt gebracht hat. Das möchte ich so gerne wissen.« Sie zwinkerte der Frau zu und versuchte gelassen zu erscheinen, während sich vor ihrem geistigen Auge ein Horrorszenarium nach dem anderen abspielte. Der Unfall trat angesichts des alarmierenden Klingentons in weite Ferne, und sie nahm den gebrochenen Arm kaum wahr. »Sind Sie so nett?«, bat sie erneut in flehendem Ton. Sie spürte die drohende Gefahr so deutlich, dass ihre Nerven vibrierten. Bevor die Frau eine Entscheidung treffen konnte, unterbrachen die Sirenen der herannahenden Rettungsfahrzeuge das Gespräch. Ein Krankenwagen raste in Hannas Blickfeld und hielt neben ihrem Wagen an. Zwei Sanitäter sprangen aus dem Fahrerhaus, kamen ans Fenster und warfen einen prüfenden Blick auf sie. »Sind Sie verletzt?«

»Vermutlich ist mein Arm gebrochen, sonst bin ich okay. Allerdings bekomme ich so langsam ein wenig Beklemmungen wegen der Enge hinter dem Airbag. Könnten Sie mich rausholen?«

»Klar, wenn ich Sie zunächst abtasten darf, damit wir nichts übersehen.«

Das Klingeln brach ab, nachdem es sich kurz zuvor in ein lautes Crescendo gesteigert hatte.

»Noch etwas, ich brauche mein Handy aus dem Handschuhfach. Jemandem scheint sehr daran gelegen zu sein, mich zu erreichen.«

»Kein Problem«, erwiderte der zweite Rettungssanitäter, ging um den Wagen und öffnete die Beifahrertür. Er klappte das Fach nach unten und griff zum Telefon. Im selben Augenblick setzte das Pfeifen wieder ein.

»Älteres Modell, was? Diesen Signalton kenne ich noch von einem meiner ersten Mobiltelefone. Soll ich rangehen?«

»Nein«, antwortete Hannah scharf. »Geben Sie es mir.«

»Okay«, erwiderte der Sanitäter achselzuckend, lief zurück zur Fahrerseite und gab der Kommissarin das Telefon in die rechte Hand. Bevor sie dem Impuls nachgab, das Gespräch sofort anzunehmen, sah sie auf das Display. Das Wecker-Symbol wurde oben mittig angezeigt. Erschrocken wartete sie ab, bis das Klingelkonzert verebbte. Dann drückte sie hastig einige Tasten, um an die Menüfunktion des Handys zu gelangen. Als sie den Alarm gefunden hatte, erkannte sie, dass die programmierte Zeit in weniger als zwanzig Minuten ablief. Hektisch öffnete sie das Untermenü, um den Countdown zu deaktivieren. Erfolglos. Das Handy ließ sich nicht umstellen, und die Stoppuhr tickte unablässig weiter.

»Verdammter Mist. Wo stecken die Kollegen?«, rief sie panisch.

»Kollegen?«, fragte der Rettungssanitäter verwundert. »Wen meinen Sie?«

»Die Polizei.«

»Weshalb?«

»Bei diesem Telefon habe ich ein sehr ungutes Gefühl, und uns bleiben nur noch wenige Minuten, um herauszufinden, ob ich richtig liege.«

22. JUNI 2016, WALDSTÜCK NEBEN DER AUTOBAHN

Zufrieden lauschte er dem Geräusch der herbeirasenden Sirenen. Nachdem er den Wagen der Kommissarin gerammt und in die Leitplanke befördert hatte, fuhr er an der nächsten Abfahrt von der Autobahn und lenkte das Auto auf den ihm bekannten Platz neben den Fahrbahnen. Seine Berechnungen stimmten minutiös, und er grinste, als er nach dem Laptop auf dem Beifahrersitz griff, um einige Befehle in die Tastatur des Computers zu tippen. Stolz dachte er an den Einfall, das Handy auf diese Art und Weise zu manipulieren. Es hatte ihn viel Zeit gekostete, seine Idee in die Tat umzusetzen. Doch er war entschlossen geblieben, hatte es am Ende geschafft und nur das zählte.

Er vermutete, dass die Polizeischlampe die Bedrohung bereits entdeckt und erkannt hatte und deshalb vor Angst schlotterte. Der Countdown musste selbst dem Dümmsten klarmachen, was in den nächsten Minuten geschehen würde. Hervorragend, sollte die Hure doch am eigenen Leib spüren, wie es war, wenn ihre Existenz bedroht wurde. Keinen blassen Schimmer zu haben, wie es weiterging und was die Zukunft brachte, ob es überhaupt noch eine gab. Die lähmende Furcht spüren, wenn man ahnte, dass ein Morgen nie mehr im gewohnten Rahmen stattfinden würde.

»Hannah, Liebes, wie fühlt es sich an, dem Schicksal in seine ungnädigen Augen zu sehen?«, fragte er belustigt ins Wageninnere. Erneut griff er zum Laptop und tippte auf das Buchstabenfeld ein. »Dir bleibt noch ein wenig Zeit, um fürs Überleben zu beten. Weil du nicht einmal ahnst, was du angerichtet hast. Du hast mein Leben zerstört. Elende Schlampe, du, fang an, die Furcht am eigenen Leib zu fühlen.«

Er wusste, dass ihm der Tod der Kommissarin nicht dazu verhelfen würde, sein altes Leben zurückzubekommen. Doch das spielte keine Rolle. Es ging ihm ausschließlich um Rache und Vergeltung. Niemand durfte ihm ins Leben pfuschen, ohne bestraft zu werden. Er hatte sie schließlich nicht gebeten, sich indirekt an der von ihm durchlittenen Lebenspleite zu beteiligen. Auch wenn sie keine Ahnung von seiner Existenz und den Leiden hatte, die größtenteils durch ihr Handeln ausgelöst worden waren, brannte er darauf, sie zu bestrafen.

»Eine Lektion für das Miststück«, rief er lachend und kurbelte das Fenster herunter, um die Geräusche der Autobahn nebenan noch deutlicher zu hören.

Der Raum lag in völliger Dunkelheit vor ihr. Die Rollläden zur Straßenseite waren heruntergelassen. Susi stand im Türrahmen und lauschte mit klopfendem Herzen und angehaltenem Atem auf Geräusche. Alles um sie herum blieb still. Erleichtert und in der Annahme, dass das Knarzen von draußen gekommen sein musste, drückte sie auf den Lichtschalter. Doch nichts geschah. »Verdammter Mist«, fluchte sie laut und durchquerte rasch den Raum. Sie legte das Messer auf der Fensterbank ab und tastete nach dem Rollladengurt. Als ihre Finger ihn umschlossen, spürte sie einen Luftzug. Noch bevor ihre Stimmbänder einen Schrei formen und ihr Mund diesen ausstoßen konnte, flammte die Nachttischlampe auf.

Neben dem Bett stand ein kräftiger Mann in Jeans und gestreiftem Hemd. Er starrte sie aus wässrig blauen Augen an und fragte unsicher: »Was willst du hier?«

Susis Herz trommelte ein Stakkato aus Schlägen, die ihre Halsschlagader vibrieren ließen. Unfähig ein Wort hervorzubringen, stand sie da.

»Ich habe dich etwas gefragt.« Er kam näher.

»Ich …«, begann sie stotternd und brach ab. In ihrem Kopf purzelten tausend Gedanken durcheinander. Sie hatte keine Idee, was der Typ hier zu suchen hatte und wie er in die Wohnung hineingelangt war. Ihr Blick ging zum Bett. Sie registrierte, dass Kissen und Bettdecke zerfetzt auf den Laken lagen. Das Füllmaterial hing wie steifgefrorener Firnschnee aus den Bezügen und bot einen surrealen Anblick.

Der Mann brüllte nun so laut, dass die Worte in Susis Kopf hallten.»Bist du taub? Was willst du hier?«

Sie erkannte eine gewisse Unsicherheit in seiner Gestik, was ihr Mut machte.»Die Blumen gießen und nach dem Rechten sehen«, antwortete sie mit fester Stimme und griff zum Messer auf der Fensterbank. Der erwachte Überlebensinstinkt ließ sie handeln. Sie hob die Klinge und hielt sie in seine Richtung.»Bleiben Sie, wo Sie sind.«

Ein bedauerndes Lächeln umspielte die Lippen des Mannes. Susi beobachtete perplex, wie er einen Schritt nach hinten wich, das rechte Bein aus einer Drehung aufwärts wirbelte, und hart gegen ihren Arm trat.

Fast akrobatisch, dachte sie, bevor er bei ihr stand und seine kräftigen Hände um ihren Hals legte.

Klirrend fiel das Messer zu Boden.

»Was genau meinen Sie damit?«, fragte der Rettungssanitäter ängstlich.

»Das ist nicht mein Handy. Jemand muss es mir in den Wagen gelegt haben. Was aber viel beunruhigender ist, ist die Tatsache, dass ich ahne, was passiert, wenn der Alarm erklingt, dessen Countdown nach unten zählt. Und das Schlimmste ist, dass ich nichts an den Einstellungen des Handys ändern kann. Es ist manipuliert worden. Das Ding reagiert weder auf meine Tastenbefehle noch lässt es sich abschalten. Und den Deckel der Rückseite entfernen, um den Akku herauszunehmen, ist mir zu gefährlich.«

Ein Feuerwehrmann, der soeben aus dem Rettungsfahrzeug geklettert und zu ihnen gestoßen war, sog tief die Luft ein. »Sie vermuten eine Zeitschaltfunktion, die an den Alarm Ihres Handys gekoppelt ist?«

Hannah nickte. »Das Telefon gehört mir wie gesagt nicht, und irgendwer muss es in meinem Handschuhfach deponiert haben. Ich glaube kaum, dass derjenige mir ein simples Geschenk machen wollte und aus Spaß einen Countdown aktiviert hat.«

»Verdammt! Und wenn wir das Ding einfach zertreten?«, schlug der Mann vor.

»Unterstehen Sie sich. Falls es eine ferngezündete Bombe ist, gehe ich davon aus, dass man sie nicht so ohne Weiteres abschalten oder zerstören kann. Wer so etwas plant, schließt diese Möglichkeit mit Sicherheit ein.« Der Feuerwehrmann nickte. »Haben Sie öfter mit solchen Situationen zu tun? Sie wirken einigermaßen gelassen.« Hannah schüttelte lachend den Kopf. »Das kommt Ihnen nur so vor. Innerlich bin ich zum Zerreißen gespannt. Im Polizeidienst lernt man, nach außen ruhig zu erscheinen. Das muss bei der Feuerwehr doch ähnlich sein?«

»Schon richtig, aber Sie setzen es wesentlich besser um, als ich es je könnte.«

»Danke für das Kompliment. Rufen Sie bitte noch einmal in der Zentrale an«, bat die Kommissarin. »Die sollen einen Sprengstoffexperten mitschicken. Wenn der Fachmann dabei ein wenig aufs Gas tritt, werden wir ihm keinen Strick daraus drehen, oder?«, fragte Hannah. Sie versuchte, weiterhin gelassen und sachlich zu klingen, während in ihrem Inneren Angst und Aufregung tobten. Ein alter Trick ihrer Mutter half ihr, sich auf das Wesentliche zu konzentrieren. *Sing deine Gedanken, höre die Melodie und lass dich nicht davon ablenken.*

»Wann geht das Ding hoch?«, fragte der Feuerwehrmann mit blasser Miene.

»In siebzehn Minuten.«

»Großer Gott. Ich bin gleich wieder da.« Er lief einige Meter die Leitplanke entlang und zog sein Smartphone heraus.

Hannah wandte sich an die umstehenden Personen, die am Unfallort angehalten hatten. »Ich danke Ihnen, dass Sie gestoppt haben, um mir zu helfen. Der Krankenwagen ist hier und die Polizei wird ebenfalls gleich eintreffen. Sie sollten in Ihre Autos steigen und weiterfahren.« Einer der Männer machte jedoch keine Anstalten, zu gehen. Deshalb versuchte Hannah zu lächeln und trieb ihn mit einer Handbewegung zur Eile an. »Husch, Sie auch, oder wollen Sie riskieren, dass ich Sie wegen Missachtung einer polizeilichen Anordnung anzeige?«

»Sie sind Polizistin?«

»Ja«, antworte sie nickend. »Und ich möchte, dass Sie von hier verschwinden.«

»Dann wollen Sie drauf verzichten, mit einem Kollegen zu sprechen, bis jemand kommt, der sich mit Sprengstoff auskennt?«

Die Kommissarin sah ihn verwundert an. »Sie gehören auch zu unserer Truppe?«

»Jepp. Ich bin Dietmar Schön und eigentlich auf dem Nachhauseweg vom Dienst.«

»Hannah Bindhoffer«, stellte sie sich vor und betrachtete ihn genauer. Er war hoch gewachsen und sie schätze sein Alter auf circa fünfzig Jahre.

»Die Privatfahrzeuge sind weitergefahren«, erklärte er in sachlichem Tonfall. »Wir können also in Ruhe über das eigentliche Problem sprechen. Kann ich das Handy sehen?«

Dass Herr Schön die gesamte Unterhaltung mitangehört und bereits länger am Wagen gestanden hatte, war ihr in der Aufregung nicht aufgefallen.

»Klar, aber halten Sie Ihre Finger im Zaum.«

»Ehrenwort. Tun Sie mir auch einen Gefallen?«

»Was denn?«

»Legen Sie die Maske der Coolness ab. Sie stecken im Wagen fest und die Möglichkeit, dass er durch eine Explosion in die Luft fliegt, ist kaum von der Hand zu weisen. Ein wenig Angst ist da durchaus angebracht.«

»Sie haben recht, Entschuldigung. Vor Ihnen muss ich keine taffe Beamtin mimen. Allerdings werde ich, wenn ich meine Furcht zeige und auslebe, absolut unbrauchbar.«

»Ich vermute, dass Sie zumindest körperlich im Augenblick ohnehin außer Gefecht gesetzt sind. Wer weiß, was Sie neben dem gebrochenen Arm an Verletzungen erlitten haben? Noch ist das unklar, oder?«

»Stimmt, aber ich muss Ihnen gestehen, dass der Unfall und die vermeidlichen Wunden in Anbetracht des Countdowns eher unwichtig sind.«

»Kann ich absolut nachvollziehen. Sie sollten ihre Verletzungen jedoch nicht vergessen, okay?«

Sie nickte und übergab ihm das Handy.

»Das sieht schlimm aus«, sagte Dietmar Schön, als er gemeinsam mit Hannah auf das Display sah.

Die Kommissarin erschrak, als sie erkannte, dass ihnen nur noch vier Minuten blieben. »Das ist unmöglich«, rief sie entsetzt. »Eben war es noch eine Viertelstunde.«

»Irgendwie scheint es dem Täter möglich zu sein, die Einstellung des Countdowns zu manipulieren«, mutmaßte der Polizist. »Das schaffen wir nicht.«

»Laufen Sie los«, brüllte Hannah und schloss die Augen.

Dietmar Schön blieb eine Sekunde unschlüssig am Auto stehen, bevor er nach hinten zum Rettungswagen lief. Dort schrie er der Mannschaft zu, sich sofort ins Fahrzeug zu begeben und abzufahren.

»Aber«, sagte einer der Sanitäter verdutzt und zeigte auf Hannahs Wagen.

Der Polizist winkte ab. »Später, und jetzt rein da, geben Sie Gas und fahren Sie in die entgegengesetzte Richtung. Verhindern Sie bitte, dass sich weitere Fahrzeuge nähern. Schaffen Sie das?«

»Wahrscheinlich, aber was ist mit Ihnen?«, fragte der Sanitäter unschlüssig.

»Herrgott nochmal, hauen Sie ab.«

Ein Feuerwehrmann kam ihm entgegengerannt. »Die Kollegen sind unterwegs.«

»So viel Zeit bleibt uns nicht mehr. Fahren Sie mit dem Krankenwagen weg von hier. Ich bleibe und versuche, das Ding an eine Stelle zu bringen, an der niemand zu Schaden kommt.«

Der Feuerwehrmann eilte zu seinem Fahrzeug und startete mit eingeschalteter Sirene.

Schön lief einige Schritte die Autobahn hinauf, sprang über die Leitplanken und rannte auf ein Feld, das direkt dahinter lag. Nach etlichen zurückgelegten Metern blieb er stehen, hob in Handballer-Manier den rechten Arm und warf das Smartphone so weit er konnte weg. Das geringe Gewicht des Handys verhinderte, dass es weit flog. Schön drehte sich um und rannte zurück zur Straße.

Die Detonation riss ihn von den Beinen und schleuderte ihn Richtung Leitplanke. *Wenigstens weit genug weg von den anderen*, dachte er, bevor er die Besinnung verlor.

Lange blieb er still vor dem regungslosen Körper der Frau stehen und betrachtete sie eingehend. Er sah auf seine großen Hände, die sie mühelos zum Schweigen gebracht hatten. Er atmete lediglich ein wenig heftiger, fast normal, was ihm verdeutlichte, dass es ihn kaum angestrengt haben konnte. Doch es lief alles falsch, er hatte einen Fehler begangen. Vor ihm lag nicht Lydia, wegen der er sich in der Wohnung versteckt gehalten hatte. Die seine Leidenschaft mit einem einzigen Lächeln an der Theke der Bäckerei entfacht und ihn in einen Taumel der Gefühle gestürzt hatte. Vor ihm lag eine Fremde, leblos und blass. Mit grässlicher Klarheit begriff er, was geschehen war. Automatisch und ohne eine Sekunde darüber nachzudenken, hatte er der Frau vermutlich das Leben genommen, sie umgebracht. Panisch kniete er neben dem Körper nieder und versuchte einen Puls zu ertasten. Einen Augenblick spürte er nur das Pochen seines eigenen Herzens in den Fingerspitzen. Dann gesellte sich jedoch ein zweiter Rhythmus hinzu. Schwach nur, aber dennoch spürbar. Er atmete laut aus und kroch zum Bett. Vor Erleichterung war ihm schwindelig. Aber wie sollte er weiter vorgehen? Anonym einen Krankenwagen rufen? Abhauen und sie ihrem Schicksal überlassen? Sie musste eine gute Freundin von Lydia sein, sonst hätte sie keinen Schlüssel Wohnung gehabt. Ob er den Umstand für sich nutzen konnte? Sie als Druckmittel einsetzten, um in Lydias Leben zu gelangen?

Sofort verwarf er den Gedanken. Warum sollte er dieses zauberhafte Wesen mit etwas erpressen? Nein, er wollte, dass sie ihn mochte, weil er ihr gefiel, nicht, dass sie aus Zwang handelte. Seit den Teenagertagen hörte er immer wieder die Worte:»Solch eine Frau wünsche ich dir, mein Sohn. Eine, nach der du dich verzehrst, sehnst und bei der du nie aufhörst, die Schmetterlinge im Bauch zu fühlen.« Bis zu dem Zeitpunkt, als er Lydia zufällig an der Theke in der Bäckerei entdeckt hatte, die ein Schwätzchen mit der Verkäuferin hielt, hatte er mit den Worten des Vaters nicht viel anfangen können. Doch im Verkaufsraum des Bäckers wurde ihm alles klar, verständlich und lebendig. Dort stand jenes Zauberwesen, das Papa ihm selbst auf dem Sterbebett vor sechs Jahren noch einmal gewünscht hatte.

Der nervöse Herzschlag, den er vor einigen Sekunden wie ein galoppierendes Pferd an seiner Schläfe gefühlt hatte, flachte allmählich ab. Er kroch zurück zur Frau am Boden und legte ihr ein flaches Kissen, das die Aufschlitzwut unbeschadet überstanden hatte, unter den Kopf. *Zu niedrig*, dachte er und sah sich suchend um.

Auf einem Regal über dem Bett lagen einige dicke Bücher. Er stand auf, nahm sie herunter und begann, sie unterhalb ihrer Waden zu stapeln. Aus einem Erste-Hilfe-Kurs, den er vor vielen Jahren absolviert hatte, wusste er, dass man damit das Blut aus den Beinen zurück in den Körper zwang. »Du bist eine Freundin von Lydia, ich muss mich um dich kümmern«, flüsterte er.

Lange Zeit saß er neben ihr, tastete ab und an nach ihrem schwachen, aber stetigen Puls und wartete ab.

Hannah spürte die Vibration, noch bevor das Explosionsgeräusch an ihre Ohren drang. Danach ging alles sehr schnell. Die Sirene des in der Nähe geparkten Rettungswagens heulte auf und mischte sich mit dem Klang der Martinshörner der herannahenden Streifenwagen. Voller Unbehagen dachte sie an Dietmar Schön, den sie erst vor wenigen Minuten kennengelernt hatte. *Ob er es geschafft hat, weit genug weg zu gelangen, bevor die Handybombe explodiert ist?* Sie wagte kaum, darauf zu hoffen. »Verflucht«, brüllte sie ins Wageninnere. »Welcher Dreckskerl hat das zu verantworten?« Dabei spürte sie, dass ihr Tränen die Wangen herunterliefen. Wut, Verzweiflung, Hilflosigkeit und die Erkenntnis, überlebt zu haben, brachen sich Bahn. Sie weinte so sehr, dass ihr Körper unter heftigem Schluchzen erzitterte.

Neben ihrem Wagen kam ein Polizeifahrzeug zum Stehen, aus dem zwei Beamte stiegen. »Haben Sie bitte noch einen Moment Geduld, weitere Rettungsfahrzeuge sind bereits auf dem Weg.«

Hannah nickte. »Ich bin soweit in Ordnung, auch wenn es gerade nicht so aussieht.« Sie wischte sich übers Gesicht, stoppte jedoch sofort in der Bewegung. Hoffnungslos verkeilt und zur Bewegungslosigkeit verdammt gab sie den Versuch auf, ihre Tränen vor den Kollegen zu verbergen. »Hol's der Teufel«, fluchte sie laut.

»Ist wirklich alles in Ordnung?«

Die Kommissarin nickte. »Ja. Aber sagen Sie, wissen Sie, wie es Dietmar Schön geht?«

Die Polizeibeamten schüttelten den Kopf. »Wir sind von den Sanitätern gebeten worden, zu Ihnen zu fahren, um hier gemeinsam auf deren Hilfe zu warten. Wie es um besagten Herrn Schön steht, haben sie uns nicht mitgeteilt. Er lag einige Meter entfernt von dem Ort, an dem die Explosion vermutlich stattgefunden hat.

»Wenigstens das«, antwortete Hannah matt. »Wissen Sie, er ist ein Kollege von mir. Und die Bombe steckte in einem Telefon, das in meinem Wagen deponiert worden war.«

Die Beamten machten große Augen. »In einem Handy, sagen Sie, und in Ihrem Auto? Kollege? Das bedeutet …«

»Vollkommen richtig. Das heißt, dass jemand mich umbringen wollte und Herr Schön versucht hat, die Katastrophe so klein wie möglich zu halten. Ich hoffe, dass es ihm gut geht und er die Rettungsaktion überlebt hat. Das wünsche ich mir nicht nur, weil er wie wir Polizist ist, sondern auch, weil er so selbstlos gehandelt hat. Ich wäre Ihnen beiden dankbar, wenn Sie zu ihm gehen, und herausfinden, was los ist. Oder noch besser, Sie holen mich hier raus und wir machen das gemeinsam.«

»Das werden wir mit Sicherheit unterlassen, obwohl ich verstehen kann, dass Sie hier nicht untätig herumsitzen wollen. Helfen können ihm jetzt nur die Leute vom Rettungsdienst. Außerdem ist unklar, welche Verletzungen Sie selbst haben. Wenn wir Sie unsachgemäß bewegen …«

»Ja, schon gut, verstanden«, erwiderte Hannah gedehnt und bereute bereits im nächsten Moment ihre Unhöflichkeit. »Tut mir wirklich leid, Sie haben absolut recht. Aber ich möchte etwas für diesen Mann tun. Können Sie das verstehen und mir dabei helfen?«

»Sicher. Ich versuche, über Funk an die Kollegen heranzukommen und nachzufragen. Ist das in Ordnung?«

»Absolut, ich bin Ihnen sehr dankbar.«

Hannah schloss die Augen und versuchte die Kopfschmerzen, die seit Minuten stetig zunahmen, zu ignorieren.

Die Lider der Frau zuckten, während sie ihren Kopf einige Male hin und her warf. Sie stöhnte auf und atmete schnell und heftig. Er trat an ihre Seite, legte ihr eine Hand auf die Stirn und bemerkte, dass diese sich heiß und fiebrig anfühlte. Erneut tastete er nach ihrem Puls und spürte, dass er raste. Das Knirschen von aufeinander reibenden Zähnen, das laut aus ihrem Mund erklang, erschreckte ihn zutiefst. Er sprang auf und lief aus dem Zimmer. Was mache ich jetzt? Ich glaube, die Frau hat einen Anfall oder einen Zuckerschock. Hektisch blickte er über die Ablageflächen der Küche, in die er geflüchtet war. In einem kleinen Körbchen lagen verschiedene Süßigkeiten. Er erinnerte sich vage an ein Gespräch mit seinem Onkel, der an Diabetes mellitus Typ II litt. Dieser hatte ihm einmal erklärt, dass man mit erhöhter Zuckerzufuhr zumindest kurzfristig aus einer sogenannten diabetischen Krise herauskommen konnte. Entschlossen griff er zu einem Schoko-Nuss-Riegel, der ganz oben im Korb lag, und riss auf dem Weg zurück ins Schlafzimmer die Verpackung auf. Hastig brach er ein Stück ab, kniete sich neben die Frau, hielt ihren Kopf fest und öffnete vorsichtig ihren Mund. Er hatte Mühe, die eng zusammengepressten Zahnreihen zu öffnen. Als er ein wenig Druck auf das

Unterkiefergelenk ausübte, schaffte er es, durch einen schmalen Spalt etwas Schokolade in ihren Mund zu schieben. Sekunden später verebbte das Keuchen und Stöhnen. Die Frau wiegte noch einmal ihren Kopf hin und her und schien dann in einen tiefen Schlaf zu fallen.

Er atmete erleichtert aus. *Ich scheine mit meiner Vermutung richtiggelegen zu haben.*

Er legte sich neben sie auf den Teppich und beobachtete beruhigt ihre nun gleichmäßigen Atemzüge. Erst jetzt bemerkte er, dass ihn die Ereignisse der letzten Stunde ermüdet hatten. Er schloss die Augen und lauschte in die Stille, die lediglich durch das Atmen der Frau durchbrochen wurde. Ganz langsam schlief er ein. Er sah Lydia, wie sie ihm beim Bäcker an der Theke kurz zulächelte. Erinnerte sich deutlich an das Gefühl dieses Momentes, überwältigend und wärmend. Endlich, da stand sie, die Frau, der er sein Herz schenken wollte, so nah bei ihm. *Ich werde dich auf Händen tragen, durchs Leben und alle Widrigkeiten. Du wirst nur zu mir gehören, auch wenn du es bisher nicht einmal ahnst.*

Während er immer weiter in die Bilder der vergangenen Begegnung abtauchte und versuchte, Lydias Geruch aus dem Gedächtnis wahrzunehmen, drangen Geräusche an sein Ohr. Laute, die sich kaum mit den wunderbaren Gedanken des Einschlafens vereinbaren ließen.

Jemand neben ihm japste nach Luft. Schlagartig kam er in die Realität zurück, öffnete die Augen und erkannte, dass die Frau, die er gewürgt hatte, blau anlief.

Was ist schiefgelaufen? Er saß im Wagen und überlegte, warum der Knall der Detonation nicht direkt vom Auto der Kommissarin gekommen war. Der Peilsender an ihrem Wagen sendete noch immer Signale. Der blinkende Pfeil pulsierte weiterhin am Bildschirm, deshalb konnte die Bombe unmöglich in ihrem Fahrzeug explodiert sein. Er würde herausbekommen, was ihm einen Strich durch die Rechnung gemacht und seinen genialen Plan durchkreuzt hatte. Obwohl er ein persönliches Treffen mit Hannah Bindhoffer vermeiden wollte, blieb ihm keine andere Wahl. Er musste es riskieren und nachsehen, was geschehen war. *Dein elendes Schlampengesicht auf den Fotos meines Lieblings hat mir eigentlich völlig genügt. Aber was soll's? Dann eben Butter bei die Fische,* dachte er und startete den Motor.

Während er die nötige Schleife fuhr, um zurück zum richtigen Autobahnabschnitt zu gelangen, grübelte er, wie er die Kommissarin das nächste Mal in Angst versetzten konnte.

Diese Runde hast du einfach zu viel Glück gehabt. Aber glaube mir, ich bin erst dann mit dir fertig, wenn du genauso gelitten hast wie ich.

Die Titelmelodie von *Spiel mir das Lied vom Tod* pfeifend hielt er dicht hinter der polizeilichen Absperrung und stieg aus.

22. JUNI 2016, HEINRICH-HEINE-STRAßE, RAUNHEIM

Panisch riss er sie nach oben und schlug ihr mehrfach auf den Rücken. Er vermutete, dass sie sich an dem Stück Schokoriegel verschluckt hatte. Sie japste weiter und krallte ihre Finger tief in die Haut seiner Oberarme. »Verdammt, was ist mit dir los?«, schrie er sie an. Mit beiden Händen öffnete er ihren Kiefer und schob dann einen Zeigefinger in ihren Rachen. Sie würgte, doch der erhoffte Strahl Erbrochenes blieb aus. Er hob ihren Oberkörper an, setzte sich hinter sie und versuchte das Heimlich-Manöver, das er vor langer Zeit in einem Erste-Hilfe-Kurs erlernt hatte. Er umschlang ihren Bauch unterhalb des Brustbeins mit beiden Armen, legte seine Hände ineinander und zog ihren Körper ruckartig nach oben. Das Röcheln klang unverändert beängstigend. Die Augen weit aufgerissen hing sie schlaff in seinen Armen, und er glaubte zu erkennen, dass ihr Brustkorb sich immer schwächer hob, während sie keuchend Luft einsog. Mit jedem verzweifelten Atemzug stieß sie ein pfeifendes Geräusch aus, das qualvoller klang als das zuvor. Er versuchte, sie per Mund-zu-Mund-Beatmung mit mehr Sauerstoff zu versorgen. Nach zehn Wiederholungen stoppte er, legte sein Ohr auf ihre Brust, um den

Herzschlag zu kontrollieren. Er spürte nur ein sachtes Pochen. Kalte Angst trieb ihm den Schweiß auf die Stirn. Sekundenlang ließ ihn das Entsetzen erstarren. Als er sich wieder fasste, versuchte er es erneut mit Atemspende und Herzmassage. In seinem Kopf tanzten die Anweisungen des Erst-Hilfe-Lehrers durcheinander. *Welche Frequenz? Und die Anzahl der Wiederholungen? Wo genau liegt der richtige Druckpunkt noch mal? Und warum zum Teufel spüre ich keine Veränderungen bei der Frau?*

Der Rettungswagen hielt neben Hannahs Auto. Zwei Männer traten zu ihr und baten sie, ihre Beschwerden zu schildern. Die Kommissarin versicherte, dass es ihr, abgesehen von den Schmerzen im Arm, gut ging und ihr nichts fehlte. Der Notarzt, der sich als Lars Neurath vorstellte, öffnete die Fahrertür bis zum Anschlag und betastete zunächst vorsichtig Hannahs Hinterkopf.

»Keine Kopfschmerzen, Übelkeit oder Schwindel?«

Die Kommissarin verneinte.

»Wie ist es mit Ihrem Nacken? Können Sie den Kopf ohne Probleme drehen?«

»Geht wunderbar«, erwiderte sie und drehte ihm ihr Gesicht zu.

»Dann werde ich versuchen unter dem Airbag zu ertasten, ob Sie Verletzungen im Bauchraum erlitten haben.«

»Mir wäre es ehrlich gesagt lieber, Herr Doktor, wenn Sie mich so schnell wie möglich aus dieser Kiste schaffen. Ich bin soweit okay und ich möchte gerne wissen, wie es meinem Kollegen geht.«

Der Arzt setzte eine energische Mine auf und erklärte bestimmt: »Schön zu hören, dass Sie der Meinung sind, völlig in Ordnung zu sein. Ich bin ausgebildeter Notarzt und weiß, dass Menschen in Schockzuständen mitunter nicht einmal bemerken, dass ihnen ein Bein fehlt oder sie ein Loch in der Bauchwand haben. Den Ärger, Sie ohne gründliche Untersuchung unter dem Airbag hervorgezogen zu haben, wenn sich hinterher herausstellt, dass Sie weitere Verletzungen hatten, möchte ich mir gerne ersparen. Deshalb werde ich jetzt all das machen, was nötig ist, um eine vernünftige Diagnose stellen zu können.« Hannah bemerkte seinen finsteren Blick, als er fragte: »Habe ich mich deutlich ausgedrückt oder gibt es noch Fragen?«

»Ja, eine. Wer hat Ihnen beigebracht, sich so knallhart durchzusetzen?«

Doktor Neurath lachte. »Patientinnen wie Sie, die partout nicht einsehen, dass sie jemandem ausgeliefert sind und auf dessen Hilfe vertrauen müssen. Normalerweise geben Sie den Ton an, vermute ich mal?«

»Ertappt«, gab Hannah kleinlaut zurück. »Also untersuchen Sie jetzt, was Sie wollen, damit ich möglichst schnell wieder das Zepter in die Hand bekomme.«

Der Notarzt tastete vorsichtig Zentimeter um Zentimeter ihrer Bauchdecke ab, während er sie mit Fragen zu den Geschehnissen ablenkte. Die Kommissarin berichtete ihm vom Handy in ihrem Handschuhfach, wie sie den Countdown entdeckt hatte und von ihrer Sorge um den Kollegen Dietmar Schön.

»Ich glaube an keine göttliche Macht, und trotzdem habe ich vor einigen Minuten so inständig gebetet wie nie zuvor in meinem Leben«, ergänzte sie und seufzte schwer. »Verständlich«, gab der Arzt zurück und nickte. »Dann hoffe ich mit Ihnen. Sie können sich übrigens etwas darauf einbilden, wie genau Sie Ihren Körper kennen. Denn außer Ihrem gebrochenen Arm konnte ich tatsächlich keine weiteren Verletzungen finden.«

»Sag ich doch.« Sie grinste. Es tat gut, einen Augenblick albern zu sein. »Wenigstens kann ich mich jetzt auf den Weg zu einem Krankenbesuch machen. Und wenn das erledigt ist, werde ich herausbekommen, wer uns das angetan hat.« Sie schluckte schwer und verkniff sich die wüsten Beschimpfungen, die ihr auf der Zunge lagen.

»Zunächst einmal holen wir Sie hier heraus und Sie kommen mit in die Klinik. Oder denken Sie, ich lasse Sie mit ihrem gebrochenen Arm durch die Gegend laufen?«

»Oh nein«, antwortete Hannah resigniert.

»Doch, natürlich. Außerdem müssen wir weitere Untersuchungen machen, um meinen Testbefund zu untermauern.« Die Kommissarin wollte gerade zu einer Erwiderung ansetzen, als Doktor Neurath drohend den Finger hob. »Nicht wieder diskutieren. Ich dachte, ich hätte mich vorhin klar und deutlich ausgedrückt.«

»Aber ...«

»Vergessen Sie's. Ab in die Klinik mit Ihnen.«

Fassungslos sah er auf die reglose Frau am Boden. Immer wieder tastete er nach ihrem Puls und hielt sein Ohr an ihren Mund, um zu hören, ob sie noch atmete. Doch es blieb still. Nachdem er die Herzmassage einige Male wiederholt und sie zusätzlich beatmet hatte, hatten ihre Lider zu flattern begonnen. Ihr Atem hatte gequält geklungen, kraftlos und ihn an einen Luftballon erinnert, dem man die verbliebene Luft aus dem bereits schlaffen Ballonkörper drückt. Er hatte sie an den Schultern genommen und sie grob geschüttelt. Immer in der Hoffnung, dass sie endlich diesen einen tiefen und lebensrettenden Atemzug tat, wieder zu sich kam und überlebte.

Während er neben ihr kauerte und kaum bemerkte, dass Tränen seine Wangen hinabliefen, war ihr Gesicht angeschwollen. Ihm dämmerte, dass sie wohl einen allergischen Schock erlitten hatte.

Ohne eine Ahnung, was er als Nächstes unternehmen konnte, stand er auf und lief ins Wohnzimmer. Auf der Couch vor dem Fenster entdeckte er ihre Handtasche und blickte hinein. Unter einer beachtlichen Anzahl an Papiertaschentuchpäckchen erspähte er ihr Portemonnaie und klappte es auf. In einer integrierten Plastikhülle stecke ein Dokument mit der Aufschrift »Allergiepass«. Die blassblaue, völlig harmlos wirkende Farbe des Ausweises schien ihn zu verhöhnen. Einen Moment lang glaubte er fast, die Frau aus dem Schlafzimmer lachen zu hören. Ganz wie seine Mitschüler damals in der Klasse, die ständig über ihn gelacht und sich lustig gemacht hatten. Egal, was er tat oder sagte, sie fanden immer etwas daran auszusetzen. *Seht mal, wie dumm er aus der Wäsche schaut. Hat wie immer keine Ahnung, was er tun soll.* Der Chor der hänselnden Klassenkameraden dröhnte in seinem Kopf. Er hob beide Hände und steckte die Zeigefinger in die Ohren. Er zählte exakt zwölf tiefe Atemzüge ab und nahm die Finger dann wieder heraus.

»Schon besser.« Er nickte zufrieden.

Er zog den Ausweis aus der Hülle und klappte ihn auf. Auf dem Deckblatt las er den Namen der Frau: Susanne Dettmann. Neben der Anschrift und dem Geburtsdatum waren der Stempel eines Dermatologen und Allergologen, das Ausstellungsdatum sowie die Rufnummer des Arztes vermerkt.

Susanne Dettmann. Das klingt viel besser als Hartmut Euler, dachte er mit einem Anflug von Neid, den er bei unzähligen alltäglichen Banalitäten empfand, und faltete das Dokument auseinander.

Beim Inhaber dieses Ausweises besteht eine ärztlich validierte Überempfindlichkeit gegen folgende Stoffe:

44

Haselnuss, Walnuss, Kirsche, Bienengift, Penicillin, Amoxicillin.

»Also wirklich der Schokoriegel«, rief er resigniert aus, als ihm klar wurde, was die Frau nebenan getötet hatte.

»Heilige Scheiße, ich hab sie umgebracht.«

22. JUNI 2016, NOTAUFNAHME, UNIVERSITÄTSKLINIKUM GIEßEN

Während Hannah darauf wartete, dass man sie aus der Notaufnahme in die Radiologie brachte, beobachtete sie das hektische Treiben um sie herum. Sie kam nicht umhin, einmal mehr die Ruhe und Gelassenheit zu bewundern, die von den meisten Mitarbeitern des Klinikums ausgingen. Lediglich eine junge, schmale Frau mit rotem Pferdeschwanz schien fieberhaft darum bemüht, die Fassung zu wahren. *Vermutlich ist sie noch nicht lange im Dienst. Ich wette, in ein paar Jahren übernimmt sie freundlich lächelnd jede Aufgabe,* dachte die Kommissarin und grinste. *Es ist eben überall das Gleiche, nur die Erfahrung bringt die Sicherheit, im Arbeitsalltag ruhig und besonnen zu reagieren. Ich würde keine einzige Schicht hier arbeiten wollen. Respekt vor denjenigen, die bei diesem Chaos aus ankommenden Verletzten und Begleitern die Übersicht behalten und Ruhe bewahren.* Die junge Schwester ging zu einem Klemmbretthalter an der Wand, zog eine Akte heraus, las und nickte. Mit forschem Schritt trat sie an Hannahs Krankenbahre und begann ihr die bevorstehenden Untersuchungen zu erläutern. »Zunächst schauen wir uns im Ultraschall Ihren Bauchraum an. Falls es suspekte Befunde gibt, folgt ein

MRT. Nicht, dass innere Verletzung vorliegen und der Notarzt vor Ort etwas übersehen hat.«

Die Kommissarin nickte. »Wir? Also sind Sie beim Röntgen dabei?«

Die Schwester errötete und schüttelte den Kopf. »Entschuldigen Sie. Ich weiß, ich sollte mir diese Formulierung unbedingt abgewöhnen. Bescheidenheitsplural, Pluralis Auctoris, ich sehe meinen Deutschlehrer mit drohendem Finger vor mir stehen.«

»Okay«, antwortete Hannah grinsend, »da muss ich im Deutschunterricht geschlafen haben.«

»Unwichtig.« Sie winkte ab. »Jedenfalls immer, wenn hier so viel zu tun ist, vergesse ich die Mahnung von Herrn Wüst und plappere einfach los.«

»Kein Problem. Ich hätte mich darüber gefreut, von Ihnen begleitet zu werden. Ich bin nämlich nicht von hier und war auf dem Nachhauseweg. Da kann man sich in einem Krankenhaus ein wenig einsam fühlen.« Erst als Hannah den Satz aussprach, wurde ihr klar, dass sie tatsächlich so empfand.

»Leider habe ich keine Zeit.« Sie deutete in den Raum. »Sie sehen es ja selbst, was hier los ist.«

»Allerdings«, antwortete die Kommissarin freundlich. »Und ich bin echt froh, dass ich nicht in Ihren Schuhen stecke. Ist etwas Außergewöhnliches passiert, oder ist hier immer so viel Betrieb?«

»Eigentlich darf ich ja keine Auskunft geben, aber etwa eine halbe Stunde vor Ihnen kamen die Insassen eines Reisebusses an. Die Herrschaften aus dem Seniorenstift planten einen Ausflug ins Alte Land. Leider scheint ihr Fahrer unausgeschlafen gewesen zu sein. Als er von einer Raststätte wieder auf die Autobahn auffahren wollte, muss er den herannahenden LKW übersehen haben. Zum Glück sind die meisten Insassen nur leicht verletzt. Aber ansehen müssen wir uns eben alle.«

»Hannah«, hörte die Kommissarin eine ihr vertraute Stimme rufen. »Was machst du denn für Sachen?«

Die junge Krankenschwester setzte augenblicklich eine strenge Miene auf. »Wie sind Sie hier reingekommen? Dieser Bereich ist ausschließlich Patienten und medizinischem Personal vorbehalten. Wenn Sie kein Angehöriger sind, müssen Sie vorne im Wartebereich Platz nehmen.«

Hardy lächelte charmant. »Ein Polizeiausweis bringt einen durch so manches Hindernis.«

»Er ist mein Dienstpartner«, stellte Hannah ihn der Frau vor. »Ehrlich gesagt bin ich überglücklich, dass er gekommen ist. Sie können ja leider nicht mit mir zu den Untersuchungen.«

»Er aber auch nicht, wenn er kein Verwandter ist. Aber ich denke, wir machen eine Ausnahme, er kann so lange hierbleiben, bis Sie nach oben geholt werden«, gab die

Schwester zurück und zwinkerte Hannah zu. »Achten Sie bitte darauf, niemandem im Weg zu stehen, okay?«

»Kein Problem«, beteuerte der Kommissar und strich seiner Kollegin übers Haar. »Mann, Mädel, das hätte absolut ins Auge gehen können. Sag mal, was ist denn genau passiert?«

Sie erzählte Hardy, was sich auf ihrer Rückfahrt aus Hamburg ereignet hatte.

»Hast du eine Idee, wer dahintersteckt?«, fragte er, nachdem er einen Moment nachdenklich stumm geblieben war.

Die Kommissarin schüttelte frustriert den Kopf. »Es könnte etwas mit meiner Dienstzeit in Hamburg und der Sache mit Emma zu tun haben. Möglicherweise hat jemand ein Problem damit, dass ich mit einem Eintrag in die Personalakte und den freiwilligen sozialen Stunden davongekommen bin.«

Hannah erinnerte sich, wie sie in ihrer Arbeitszeit in der Hansestadt Marihuana aus der Asservatenkammer geklaut hatte, um ihrer schwer an Krebs erkrankten Freundin Emma über einen Engpass zu helfen. Ihr damaliger Kollege Stefan Wagner hatte Hannah dabei erwischt und ihr hinterher mit verschiedensten Repressalien das Leben zur Hölle gemacht. Weil die Kommissarin weder auffliegen wollte, noch den Mut hatte, Wagner beim gemeinsamen Vorgesetzten anzuschwärzen, bat sie nach einigen Wochen um eine Versetzung.

»Das scheint mir kein ausreichender Grund für einen solchen Anschlag zu sein. Aber mal angenommen, du hast recht, wer weiß denn darüber Bescheid? Das war doch eine interne Sache zwischen Hamburg und Rüsselsheim und es wurde nichts an die große Glocke gehängt.«

»Meine Familie, die zuständigen Leute auf den beiden Dienststellen, du, Çetin und Cornelius. Ich denke, sonst niemand.«

»Und natürlich dein heißgeliebter Ex-Kollege Stefan Wagner. Wer weiß, wem der das alles erzählt hat«, warf Hardy mit nachdenklicher Miene ein. »Warten wir ab, was die Spurensicherung vor Ort herausfindet. Nur mit einem gebrochenen Arm wärst du glimpflich davongekommen, hoffentlich bleibt es dabei.«

»Wird schon nix sein. Was gibt es Neues auf dem Revier? Hab ich was verpasst während der paar freien Tage?«

»Nein«, sagte Hardy. »Es ist kaum etwas passiert. Çetin ist mit Axel Neumann unterwegs, nimmt ihn unter die Fittiche, damit aus unserem Greenhorn endlich ein richtiger Polizeibeamter wird.« Er grinste.

»Mensch, Jens, lass ihm doch ein wenig Zeit, er ist jung und erst seit zwei Jahren im Dienst. Du kamst auch nicht perfekt von der Polizeischule zu deinem ersten Arbeitstag. An was arbeiten die beiden?«

»Irgendeine Schlägerei am Bahnhof. Ein Mann kam dabei zu Tode. Es muss zunächst geklärt werden, ob es sich um ein Tötungsdelikt handelt. Ich kenne die Details nicht.«

Die rothaarige Krankenschwester trat erneut zu ihnen. »Sie werden jetzt abgeholt und in die Radiologie gebracht.«

»Ich bin da vorne im Wartebereich«, sagte Hardy und zwinkerte der jungen Frau zu. »Damit hier wieder alles seine Ordnung bekommt.«

»Fahr doch zurück«, schlug Hannah vor.

»Und wie kommst du dann später von hier weg? Hast du vergessen, dass du dein Auto im günstigsten Fall in ein paar Tagen zurückbekommst?«

Hartmut lief planlos in Lydias Wohnung herum und fragte sich ein ums andere Mal, wie er in diese Situation geraten war und was er unternehmen konnte, um mit heiler Haut herauszukommen. *Wenn ich geahnt hätte, was geschieht, nur weil ich ein kleines Andenken von Lydia wollte. Ein Kleidungsstück oder ein Handtuch mit ihrem Duft. Und jetzt sitze ich hier neben einer Toten und habe keine Ahnung, was ich machen soll.*

Er hatte bereits das Telefon in der Hand gehalten, um die Polizei zu verständigen. Doch die Stimmen und das hämische Lachen der Klassenkameraden, die seit Längerem durch seinen Kopf hallten, hatten ihn gestoppt. *Schaut euch nur den Hartmut an, jetzt liefert er sich den Bullen selbst ans Messer. Wie dämlich ist der eigentlich?*

Mit den Fingern in den Ohren lief er ins Schlafzimmer zurück und prüfte zum wiederholten Mal, ob die Frau wirklich tot war.

Er dachte ständig an die Begegnung mit Lydia beim Bäcker und sehnte sich danach, sie in seiner Nähe zu haben. Nachdem er Susannes Tod verschuldet hatte, schien die Chance, in ihr Leben zu treten, in weite Ferne gerückt. Trotzdem würde er versuchen eine Möglichkeit zu finden, mit heiler Haut aus der Sache zu kommen und Lydia kennenzulernen.

Er trat auf die Terrasse, um ein wenig frische Luft zu schnappen. Dann fällte er eine Entscheidung.

Er lief zum Geräteschuppen am Ende des Grundstücks und bemerkte erfreut, dass Susanne die Tür nicht wieder verschlossen hatte. Drinnen sah er sich aufmerksam um und entdeckte bereits nach einigen Sekunden einen geeigneten Gegenstand. Dann sah er die Decken. Wenn man es genau betrachtete, redete er sich aufmunternd ein, würde niemand einen Zusammenhang zwischen ihm und Susanne Dettmann herstellen. Er kannte sie erst, seitdem sie unverhofft das Schlafzimmer betreten und all seine Träume zunichtegemacht hatte.

Hartmut griff nach den Decken und der Rolle Seil, die neben der Ausgangstür auf einer Kiste lagen.

Auf dem Rückweg in die Wohnung meldeten sich erneut die hämischen Stimmen der Klassenkameraden. *Jede Wette, der Typ ist zu blöd, um die Frau wegzuschaffen. Irgendein Missgeschick wird passieren, und dann landet er im Knast! Hat doch nie etwas auf die Reihe gekriegt, ohne es irgendwie zu vermasseln, oder?*

Er ließ alles fallen, steckte die Finger in die Ohren und atmete zwölfmal tief ein und aus. Die Worte der Mitschüler ebbten ab, verstummten jedoch nicht wie gewohnt komplett. Als auch zwei weitere Versuche scheiterten, beschloss er, die Arbeit fortzusetzen. *Konzentrier dich auf das Wesentliche, dann halten sie schon irgendwann die Klappe,* überlegte er entschlossen. *Die Frau von oben wird bald nachhause kommen. Zumindest, wenn sie sich an ihren Tagesplan hält. Also beeile ich mich besser.*

Er kannte den Ablauf von Lydias Nachbarin inzwischen gut. Während der letzten Tage, als er das Haus beobachtet und alle Bewegungen notiert hatte, war sie zu nahezu identischen Uhrzeiten gekommen und gegangen.

Sieh zu, dass du weg bist, bevor sie ihr Fahrrad in die Garage schiebt. Hartmut griff nach den Decken und dem Seil und ging rasch über die Terrasse zurück in die Wohnung.

Melina und ihr Freund Alexander liefen die letzten Meter zum Gehege lachend nebeneinander her. Jeder wollte der Erste sein, der den Frischlingen etwas zu essen brachte.

»Du hast keine Chance«, rief Alexander und legte einen Spurt ein. Triumphierend kam er kurz vor dem Zaun zum Stehen und hielt die Brottüte wie einen Pokal in die Luft.

Malina kam nach Atem japsend neben ihm an und lachte.

»Ganz schön Gas gegeben, dafür, dass am Ende eine Schweinerei herauskommt.«

Alexander grinste verliebt. »Tja, was ich nicht alles mache, um meine Melina glücklich zu sehen.« Er nahm ihre Finger, zog sie zu seinem Mund und hauchte einen Kuss darauf. »Komm, die Kleinen sind bestimmt hungrig und wissen genau, dass wir etwas im Gepäck für sie haben.«

Hand in Hand stellten sie sich an den Zaun und begannen, Obst- und Gemüsereste sowie Brotkanten an die Frischlinge und die erwachsenen Tiere zu verteilen. Die Fresslust der borstigen Sippschaft schien übergroß, und es dauerte nur wenige Minuten, bis die mitgebrachten Futterspenden vertilgt waren.

»Wenn ich beim Essen ein solches Tempo vorlegen würde, sähe ich bald aus wie ein Fass«, erklärte Alexander und klang verstimmt.

Melina wusste, dass er einigen Aufwand betrieb, um seinen Körper in Form zu halten, und ging nicht auf das Thema ein. »Lass uns, bevor wir nach Hause gehen, ein bisschen am Tümpel sitzen. Ich möchte gerne noch ein wenig Zeit hier im Wald verbringen. In der Stadt ist es so heiß. Ich habe übrigens nicht nur für die Wildschweine etwas zum Knabbern eingepackt – und ein kleines Picknick unter den Bäumen geplant.«

»Guter Gedanke, hoffentlich keine Kohlehydrate, die machen fett.«

»Och komm schon, verdirb mir den Spaß nicht«, antwortete Melina beleidigt.

»Dir zuliebe gern«, sagte er. »Aber untersteh dich, hinterher über meine Speckröllchen zu meckern. Wer als erstes beim Eckpfeiler des Geheges ist?«, rief er und rannte los.

»He, das ist unfair, ich muss die Box mit mir rumschleppen.«

»Musste ich vorhin auch.« Alexander lachte.

Melina lief hinter ihm her, dicht am Zaun entlang, um einige Meter einzusparen. Als sie fast zu ihm aufgeschlossen hatte, erreichte er das Ziel. Keuchend kam sie neben ihm zum Stehen. »Da drüben, die Bank am Teich ist ideal fürs Picknick, oder?«

Er grinste. »Allerdings nah an der Zivilisation, da kann ich nicht unbemerkt über dich herfallen.«

»Sollst du auch sein lassen, zumindest, bis wir daheim sind. Komm mit.«

Händchenhaltend liefen sie die letzten Meter zur Parkbank, nahmen Platz und begannen, sich gegenseitig mit Küssen zu bedecken.

Alexander stoppte abrupt und starrte mit aufgerissenen Augen auf einen schmalen Kanal, der hinter der Bank in einem Rohr endete. Aschfahl im Gesicht rang er um Worte.

»Was ist los?«, fragte Melina ängstlich.

Er deutete zur Rückseite der Parkbank. »Siehst du das?«, flüsterte er kaum verständlich.

»Wo?«, erwiderte sie und blickte angestrengt auf den Punkt, den er ihr gezeigt hatte.

Als sie es entdeckte, wurde ihr schwarz vor Augen. Obwohl die Rinne hinter dem Rohrausgang zum Teil noch mit Laub des vergangenen Herbstes gefüllt war, erkannte sie einen Arm, der daraus hervorragte. Melina schrie auf und begann heftig zu weinen.

Alexander zog sie zu sich und strich ihr übers Haar. »Bleib ruhig«, sagte er mit brüchiger Stimme, der man anhörte, dass auch er nahe daran war die Beherrschung zu verlieren. »Hast du dein Handy dabei?«

Sie nickte und zog es aus ihrer Handtasche. »Fass nichts an. Ich muss ein paar Schritte gehen, kein Empfang hier. Warte einfach hier.«

»Niemals«, sie lief hinter ihm her. »Du denkst, ich bleibe hier sitzen, und tue so, als ob alles in Ordnung ist? Kommt nicht infrage.«

»Jemand muss doch den Tatort bewachen.« Er deutete Richtung Parkplatz. »Schau, es sind doch nur ein paar Meter.«

»Was, wenn der Mörder zurückkommt und ich danach auch dort liege?«

»Quatsch. Niemand legt eine Leiche im Wald ab, wartet, bis sie jemand findet und ermordet dann diese Person. Ich komme in drei Minuten zurück. Du bekommst das hin, schau einfach zum Wasser.« Alexander versuchte, aufmunternd zu lächeln, und lief den Waldweg in Richtung Stadt hinunter.

Als er nach wenigen Metern einen Balken auf der Empfangsanzeige sah, wählte er die Notrufnummer.

Çetin saß gemeinsam mit Axel Neumann im Aufenthaltsraum und aß das mitgebrachte Mittagessen. Zähneknirschend hatte er dem jungen Kollegen etwas vom belegten Fladenbrot abgegeben, als er sah, dass Axel wie üblich vergessen hatte, sich zu versorgen. »Wieso bringst du dir eigentlich nie was zu futtern mit? Man kann doch nicht immer rüber zum Chinesen oder dem türkischen Imbiss gehen. Ich gönne meinem Landsmann sein Geschäft mit dir und neunzig Prozent der Belegschaft des Reviers. Aber so wirklich gesund und ausgewogen ist ein Döner auf Dauer wohl kaum.«

Neumann zuckte die Schultern. »Vor Dienstbeginn sitze ich für gewöhnlich noch zuhause vor einem Computerspiel. Du glaubst gar nicht, wie schnell dabei die Zeit vergeht. Meistens schaue ich irgendwann erschrocken zur Uhr und stelle fest, dass ich sofort los muss. Keine Minute Puffer, um mir so etwas Leckeres«, er deute auf das Brot auf dem Tisch, »wie dein Fladenbrot vorzubereiten. In der nächsten Schicht übernehme ich die Versorgung, versprochen«, verkündete er grinsend. »Könnte allerdings sein, dass du dich dann mit einem Döner zufriedengeben musst.«

»Wie gesagt, wenn es nicht dauernd ist, habe ich damit kein …«

»Sorry, Jungs, dass ich euch in der Pause störe. Eben kam ein aufgeregter Anruf von einem Mann rein«, erklärte der eingetretene Kollege Friedhelm Seidel. »Er hat zusammen mit seiner Freundin eine Leiche im Raunheimer Wald gefunden. Fahrt ihr hin?«

»Sicher«, antwortete Çetin und stand auf. »Was ist mit dir?«

Seidel schüttelte den Kopf. »Ich muss hierbleiben, es kommen gleich zwei Zeugen, die zu einer Befragung herbestellt sind.«

»Ruf sie an und verschieb den Termin«, schlug Çetin vor.

»Du weißt, dass Hardy nicht im Haus ist. Der hat frei und besucht Hannah.«

»Ich bin im Bilde. Aber ich habe diese Leute schon beim letzten Mal versetzt. Fahr du mit Axel hin. Falls etwas unklar ist oder ihr Hilfe benötigt, kannst du immer noch einen von uns kontaktieren.«

»In Ordnung«, erwiderte Çetin. »Mir wäre allerdings wohler, einen von den alten Hasen dabei zu haben. Egal, irgendwann muss ich das sowieso mal allein auf die Reihe kriegen.«

»Wir sind doch zu zweit«, warf Neumann pikiert ein.

»Das stimmt, aber du wirst einsehen, dass auch dir die nötige Erfahrung für so einen Fall fehlt, oder?«, wollte

Çetin grinsend wissen. Zu Seidel gewandt fragte er: »Ist der Doc schon informiert?«

»Jepp. Allerdings ist Winterherbst im Urlaub. Ich habe mit seiner Vertretung gesprochen. Eine Frau Doktor Listner. Sie klang nett.«

»Bestimmt ist sie die Liebe meines Lebens und das hier die Chance, sie endlich kennenzulernen«, mutmaßte Neumann mit spitzbübischem Grinsen.

»Träumer«, erwiderte Seidel, winkte ab und verließ das Büro. Çetin dachte darüber nach, warum Cornelius Winterherbst ohne Hannah in die Ferien gefahren war. *Lieg da etwas im Argen, von dem sie uns noch nichts erzählt hat oder gibt es ganz andere Gründe?*

»Kommst du?«, riss ihn Neumann aus den Gedanken.

»Ich warte nur auf dich«, erklärte Çetin schmunzelnd und ging zur Tür.

Als die Kommissare eintrafen, stellten sie zufrieden fest, dass das Gelände vom Team der Spurensicherung bereits weiträumig mit Sperrband abgesperrt worden war. Auf einer Bank etwas abseits des geschäftigen Treibens sah Çetin ein junges Pärchen. Er nahm an, dass sie die Leiche entdeckt und die Polizei informiert hatten. Er lief in ihre Richtung und stellte sich vor. »Mein Name ist Çetin Alcan und das ist Axel Neumann. Wir kommen von der Kripo in Rüsselsheim.« Er hielt ihnen den Dienstausweis entgegen. Der Mann nickte kurz.

»Ist es in Ordnung, wenn ich rasch ein paar Fragen stelle? Ich kann mir vorstellen, dass sie beide schnell von hier verschwinden möchten.«

»Allerdings«, gab die Frau zurück und wischte sich mit dem Handrücken übers Gesicht. Ihre verweinten Augen und der blasse Teint ließen deutlich erkennen, wie sehr ihr der Leichenfund zusetzte.

»Haben Sie hier am Teich oder auf dem Weg zum Gehege dahinten irgendwelche anderen Personen bemerkt?«, fragte Çetin das Paar.

»Nein. Aber ich hätte mir nur allzu gerne jemanden hier gewünscht, als Alexander ein Stück weggegangen ist, um besseren Handyempfang zu bekommen.«

»Das glaube ich Ihnen sofort. Sie haben das gut gemacht«, lobte er die junge Frau freundlich. »Haben Sie beide etwas am Fundort angefasst oder verändert?«

»Um Himmels Willen, da rühre ich doch nichts an.« Er schüttelte heftig den Kopf. »Ich war geschockt, ich meine, ich habe noch nie eine Leiche gesehen. Außerdem soll man doch nichts tun. Sieht man ja in allen Krimis und den vielen Dokus über echte Kriminalfälle. Daran habe ich mich strikt gehalten«, erklärte der Mann mit einer Spur Stolz in der Stimme. »Das stimmt doch, oder??«

»Ja, absolut. Und zu irgendetwas muss dieser ganze Kram im Fernsehen ja taugen«, gab Çetin spöttisch zurück. Er hasste es, wenn jeder meinte, er sei forensischer Fachmann, nur weil er ein paar Folgen CSI oder Autopsie gesehen hatte.

»Okay, dann ist alles unverändert. Zumindest haben Sie beide nichts angerührt. Ich fasse nochmal zusammen. Sie sagten, dass Sie, nachdem Sie die Wildschweine gefüttert haben, spontan hierherkamen und auf die Leiche gestoßen sind?«

Alexander nickte. »Genau. Meine Freundin hat ein Picknick für uns eingepackt, das wir nach dem Besuch bei den Frischlingen hier essen wollten. Dann hab ich runter geschaut«, er deutete auf den Leichnam, »und da lag sie.«

»In Ordnung. Fällt Ihnen noch etwas ein, was für unsere Ermittlungen von Belang sein könnte?«, hakte Neumann nach.

»Nö. Wir sind hier spaziert und haben niemanden sonst gesehen. Da gibt es nichts weiter zu sagen. Ich will jetzt endlich meine Freundin von hier wegbringen«, erklärte der Mann mit Nachdruck und streichelte der jungen Frau über die Wange. »Können wir gehen?«

»Wenn Ihre Personalien aufgenommen wurden, damit wir Sie bei möglichen weiteren Fragen erreichen, ja.«

»Das hat der Herr dort hinten gleich zu Anfang erledigt«, erklärte der junge Mann und zeigte auf einen Streifenpolizisten, der im Gespräch mit einer Frau von der Spurensicherung war.

»Okay, dann vielen Dank. Und falls Sie Hilfe brauchen, oder Ihnen noch etwas einfällt, rufen Sie mich gerne an«, verabschiedete Çetin das Pärchen und überreichte ihm seine Visitenkarte.

Hannah strahlte, als Hardy bewaffnet mit einem Bündel Kornblumen, die dringend Wasser benötigten, in ihr Zimmer trat. »Na, Kollegin, wie sieht es aus? Kann ich dich mitnehmen?«

»Die Visite ist durch und es gibt tolle Neuigkeiten. Wenn die Röntgenaufnahme, die in etwa einer Stunde gemacht werden soll, keine Auffälligkeiten zeigt, darf ich nach Hause. Ich habe mit dem Oberarzt vereinbart, dass ich die Kontrolluntersuchungen im GPR-Klinikum machen lassen kann. Er meint, ich sei sogar bedingt dienstfähig.«

»Hannah, das ist ja wunderbar«, sagte Hardy und strahlte nun ebenfalls. »Eigentlich sollte mein Spruch, dich mitzunehmen, ein Scherz sein. Umso mehr freut es mich, dass du wirklich entlassen wirst. Ich bin immer noch total erleichtert, dass du nur leichte Verletzungen abgekriegt hast.«

»Andere hatten da weniger Glück«, antwortete die Kommissarin betrübt. »Dietmar Schön liegt weiterhin auf der Intensivstation. Es ist fraglich, ob er je ganz wiederhergestellt werden kann und gesund wird. Er schwebt noch immer in Lebensgefahr. Irgendetwas ist mit seinem Gehirn passiert. Es muss abschwellen und dann sehen die Ärzte weiter. So hat es mir ein Pfleger anvertraut, als ich ihn angefleht habe, mir wenigstens eine ungefähre Auskunft über den Zustand des Kollegen zu geben.«

»Ich werde dem Mann bis an mein Lebensende dankbar sein. So mutig, wie er sich eingesetzt hat, um eine größere Katastrophe zu verhindern – das ist einfach nur bewundernswert.«

»Findest du? Er würde jetzt gesund und munter durch die Gegend laufen, wenn er nicht zufällig auf der Autobahn dazugekommen wäre«, gab die Kommissarin den Tränen nah zurück.

»Du trägst keine Schuld daran und ich hoffe, dass du das weißt. Lass uns zuversichtlich bleiben. Manchmal geschehen Wunder, Hannah, auch in der Medizin. Die Hoffnung stirb bekanntlich zuletzt, glaub dran und bleib optimistisch, okay?«

»Ich versuche es. Aber wenn ich überlege, dass der arme Kerl …«

Aus dem Smartphone von Jens Hartmann ertönte die Bohemian Rhapsody. Er deutete seiner Kollegin mit einer Geste an, einen Moment innezuhalten, und nahm das Gespräch an. »Verstehe«, gab er mit ernster Miene zurück. »Ich bin davon überzeugt, dass ihr das beide hinbekommt. Wir kommen so schnell es geht hin. Hannah darf nach Hause, wenn ihre Röntgenaufnahme in Ordnung ist. Drückt also die Daumen und veranlasst alles Notwendige.

Falls du Rat brauchst, ruf mich einfach wieder an.« Hardy wartete die Antwort ab, nickte und verabschiedete sich.

»Was ist passiert?«, fragte Hannah interessiert.

»Eine weibliche Leiche im Raunheimer Wald beim Wildschweingehege. Çetin ist mit Axel Neumann dort und hat Schiss, dass er es verbockt, weil wir nicht dabei sind.«

»So ein Unsinn. Ich glaube, er hat keinen Schimmer, was für ein ausgezeichneter Polizist er ist. Wir sollten mit der Heimreise ein wenig trödeln, damit er auf sich gestellt ist.«

»Gute Idee, denn da stimme ich dir absolut zu. Er macht einen fantastischen Job.« Hardy grinste breit.

»Warum lachst du?«, wollte die Kommissarin wissen.

»Ich musste gerade daran denken, wie Çetin sich letztens im Diensteifer betrunken hat.«

»Hör auf, das hätte damals auch anders ausgehen können. Aber ich muss zugeben, dass ich ihn dafür bewundere, wie weit er gegangen ist, um an die Hinweise zu kommen.«

Ein Pfleger betrat das Krankenzimmer. »Wir sollten dann runter zum Röntgen. Sind Sie bereit, Frau Bindhoffer?«

»Unbedingt«, antwortete die Kommissarin lächelnd. »Von mir aus kann es losgehen.«

»Ich warte hier«, sagte Hardy, griff zu einer Illustrierten, blickte aufs Titelblatt und feixte. »Bis dahin werden mir der Adel und seine Affären ausgezeichnet die Zeit vertreiben.«

»Ja, ja, lästere nur. Du wärst überrascht, was für seltsame Ideen einem kommen, wenn man Stunde um Stunde allein in einem Krankenzimmer verbringt.«

»Ich halte die Daumen, dass die Ärzte dich von dieser Unsitte befreien«, sagte er zwinkernd und winkte sie hinaus.

25. JUNI 2016, RAUNHEIM, AM WILDSCHWEINGEHEGE

Während die Kollegen der Spurensicherung das Gelände akribisch nach Hinweisen absuchten, standen Çetin und Axel Neumann bei Doktor Veronika Listner, die bereits am Tatort eingetroffen war. Die junge Frau, die aussah, als ob sie ihre Facharztausbildung eben erst beendet hätte, sprach leise in ein Diktiergerät.

»Würde es Ihnen etwas ausmachen, lauter zu sprechen?«, fragte Çetin sie höflich.

»Ja«, antwortete sie verstimmt. »Wegen meiner ausgesprochen eigenen Art, an Leichenfunde heranzugehen, möchte ich nicht, dass Sie irgendwas mitbekommen. Ich rede quasi über das Aufnahmegerät mit den Toten. Ich weiß, das klingt verrückt, aber es hilft mir, mich den Personen anzunähern. Und Sie entschuldigen bitte, diese Aussprache ist niemals für fremde Ohren bestimmt. Das verstehen Sie doch, oder?«

Çetin sah sie nachdenklich an. »Wenn ich ehrlich sein soll, weiß ich nicht genau, was Sie meinen.«

Sie lachte kurz auf. »Ich bin es gewohnt, dass das niemand versteht und es spielt für mich auch keine Rolle. Es sollte Ihnen genügen, dass ich in etwa zwanzig Minuten ein bisschen mehr über die Tote sagen kann. Wenn Sie beide sich also so lange der Spurensicherung anschließen, oder andere nützliche Dinge erledigen könnten?«

»Ganz wie Sie wünschen«, antwortete Axel Neumann zuckersüß. Çetin deutete die überfreundliche Antwort des Kollegen als Gefallen an der resoluten und ausgefallenen Persönlichkeit der Doktorin. Die beiden Beamten liefen zum Zaun des Geheges.

»Ich sehe dir an, dass du auf die Rechtsmedizinerin stehst.«

»Wie kommst du darauf?«, antwortete Neumann errötend.

»Ich wollte nur höflich sein.«

»Nehm ich dir nicht ab. Die Chemie zwischen euch hat die Luft ja fast flimmern lassen.«

»Echt?« Axel strahlte.

»Sah zumindest so aus. Aber wenn du mich fragst, die hat einen ordentlichen Knacks in der Schüssel. Ein Zwiegespräch mit einer Leiche, um sich in Schwingung zu bringen? Ganz ehrlich, und das soll Wissenschaft sein?«

»Klingt doch schlüssig«, verteidigte Axel Neumann die Rechtsmedizinerin. »Zu versuchen, auf diese Art und Weise an Informationen über den Tod des Menschen zu gelangen, ist vielleicht etwas seltsam, aber wenn es ihr hilft …«

»Im Ernst? Ich denke, dass, wenn sie sich gerne mit Verstorbenen unterhält, sie besser Medium geworden wäre, oder? Blöd nur, dass der ganze Hokuspokus wissenschaftlich unbestätigt ist und jeder ernsthafte Naturwissenschaftler nur den Kopf darüber schüttelt.«

»Ich wusste gar nicht, dass du so engstirnig bist, Çetin. Ich habe dich immer für weltoffen gehalten. Für jemanden, der auch Dinge akzeptiert, die weder erklärbar noch wissenschaftlich belegt sind. So kann man sich in einem Menschen täuschen«, ergänzte er bekümmert. »Ist dir im Leben bisher nie etwas passiert, das du nicht nachvollziehen konntest? Das in keine normale Schublade gepasst hat, und trotzdem geschehen ist?«

»Klar. Aber im Nachhinein weiß ich, dass es eine einfache Erklärung gegeben hätte. Ich habe nur nie intensiv danach gesucht. Aber egal, da sind wir beide eben unterschiedlicher Meinung. Lässt du dich deswegen von mir scheiden?« Çetin grinste den Kollegen an.

»Wie könnte ich, mein Herz gehört einzig dir. Trotzdem bin ich verwundert über das, was du gesagt hast.«

»Heb dir das Wundern für später auf, Frau Doktor scheint fertig zu sein mit ihrem Voodoo Zauber. Sie winkt uns zu sich.«

Während Josef Mitheimer über den Akten eines alten Falles saß, brummte sein Smartphone. Çetin sendete eine kurze Information zum Tatort und ein Foto der Toten. Augenblicklich legte Mitheimer die alten Schriftstücke beiseite, aktivierte die Vermisstendatei und gab die entsprechenden Daten in die Suchmaske ein. Nach einigen Minuten bekam er eine Liste von fünf Frauen, die infrage kamen. Die Rechtsmedizinerin, so hatte Herr Alcan ihm mitgeteilt, gab den ungefähren Todeszeitpunkt mit drei bis vier Tagen an. Damit schieden zwei Treffer vermutlich aus, da diese Personen bereits vor mehr als einem Monat vermisst gemeldet worden waren. Die Möglichkeit, dass sie vor so langer Zeit gefangen genommen oder gekidnappt und jetzt getötet worden waren, wollte Mitheimer zunächst außer Acht lassen. Er sah die übriggebliebenen Daten der Frauen genauer an. Dabei bemerkte er, dass eine der Vermissten gefärbte Haare hatte. Der dunkle Haaransatz auf dem Bild ließ keinen Zweifel offen. Er wählte Çetins Nummer und fragte nach dem Haar des Opfers. »Sehen Sie sorgfältig hin, ist sie gefärbt?«

Einen Augenblick blieb es still. »Nein, Boss, die Tote ist naturblond. Keine Ansätze oder gelbe Farbstiche zu sehen.«

»Schade, die einfachste Lösung ist dann wohl raus. Damit kommen zwei Damen aus der Vermisstendatei infrage. Ich kümmere mich darum. Wie lange werden Sie da draußen noch brauchen?«

»Rechnen Sie vorerst nicht mit uns. Die Vertretung von Doktor Winterherbst arbeitet etwas zeitintensiver. Außerdem sind Hartmann und Hannah auf dem Weg hierher. Wenn Sie keine Einwände haben, warten wir auf die beiden.«

»Dann ist die Kollegin Bindhoffer wieder einsatzfähig?«, fragte er und atmete erleichtert aus.

»Es sieht so aus, zumindest hat Hardy sie im Gepäck. Mal abwarten, wie es ihr geht und ob sie arbeiten kann. Aber wie ich Hannah kenne, wird sie alles versuchen, um an Bord zu kommen und uns zu helfen.«

»Ja, vermutlich. Ich melde mich, falls ich herausbekomme, wer die Tote ist. Andernfalls rufen Sie bitte an, wenn Sie weitere Informationen haben oder brauchen.«

»In Ordnung. Wir bleiben in Kontakt, Boss«, erwiderte Çetin und beendete das Gespräch.

Josef Mitheimer griff zum Festnetztelefon und wählte die angegebene Kontaktnummer der ersten vermissten Frau.

»Ich kann da beim besten Willen nicht viel mehr als Spekulationen rausholen. Diese verdammte Handybombe ist auf einem Feld hochgegangen. Die Bruchstücke werden so winzig sein, dass die Spurensicherung mindestens eine Woche braucht, um sie zu finden und uns herzubringen«, erklärte Joachim Wilner murrend. »Falls sie überhaupt etwas entdecken.«

»Dem Foto nach zu urteilen, hat es ordentlich gescheppert«, stimmte Ingrid Müller ihm nickend zu.

»Eben, und die Aussage der beteiligten Polizistin, Hannah Bindhoffer, legt die Vermutung nahe, dass wir es mit einem technisch hochversierten Täter zu tun haben. Die Kommissarin sagt, dass an dem Handy nichts befestigt war und es völlig normal aussah.«

»Also kein zusätzlicher Sprengstoff?«, fragte Ingrid Müller zweifelnd.

»Nein, die Frau schwört, dass ihr und dem Beamten, den es bei der Explosion erwischt hat, nichts Auffälliges ins Auge gestochen ist.«

»Wie kann das dann funktioniert haben? Zu blöd, dass es kein Foto vom Handy gibt. Möglicherweise hätten wir etwas darauf entdeckt.«

»Schon richtig, aber du musst bedenken, dass die Leute sich in einer Ausnahmesituation befunden haben«, erwiderte Joachim Wilner nachdrücklich. »Da denkt man wohl kaum daran, ein Bild zu schießen, oder?«

»Klar. Na jedenfalls kenne ich einige Varianten durchdachter Bombenbauweisen, aber ein Handy auf diese Art zu manipulieren ist selbst für mich Neuland.«

Er nickte zustimmend.

»Vor allem macht mir persönlich die Vorgehensweise Angst«, fuhr sie fort. »Ich bin bisher absolut ahnungslos, wie das funktioniert hat, genügend Sprengkraft in so einem kleinen Kasten unterzukriegen. Der Täter kann meiner Meinung nach nur mit Plastiksprengstoff hantiert haben. Allerdings können die mir geläufigen Arten keine derart heftige Explosion erzeugen. Die Fotos von der Detonationsstelle sind erschreckend. Was hat der nur benutzt? Etwas Neues, dass wir noch nicht auf dem Schirm haben?«

»Genau da liegt das Problem, dass wir schnellmöglich lösen sollten«, erklärte Joachim Wilner entschlossen. »Wo ist ausreichend Raum, um den Sprengstoff zu verstauen. Ohne Akku ist ein Smartphone nutzlos. Glycerintrinitrat und PLX schließe ich aus, diese Flüssigsprengstoffe legen die Funktionen des Telefons lahm.«

»Es sei denn«, warf Ingrid Müller nachdenklich ein. »Das Handy diente quasi nur als *Transportbox* und wurde von woanders gesteuert. Denkst du, das ist machbar?«

»Das, geschätzte Kollegin Müller, sollten wir schleunigst herausfinden. Ich finde deinen Ansatz schlüssig, obwohl ich mir nur schwer vorstellen kann, dass man ein Mobiltelefon ohne Akku in Betrieb hält. Denkbar, dass der Saft aus einer anderen Quelle kam. Und wenn der Täter es so gemacht hat, müssen wir uns mit dem Gedanken vertraut machen, dass eine neue Dimension der Bedrohung auf uns zukommt.«

Ingrid Müller streckte beide Arme nach vorne, legte die Hände zusammen und ließ ihre Fingergelenke knacken. »Dann wird die Recherchequeen des BKA Wiesbaden mal loslegen und herausfinden, ob das Internet oder das Dark Web etwas zu dem Thema hergeben.«

25. JUNI 2016, RAUNHEIM, AM WILDSCHWEINGEHEGE

Zwanzig Minuten später erhielt Çetin einen Anruf vom Chef. Nachdem er aufs Display geschaut hatte, legte er den Zeigefinger an die Lippen. Stumm formte er das Wort »Boss« und drückte die Annahmetaste. Einen Moment lauschte er schweigend, dann fragte er: »Können Sie den Namen bitte noch einmal wiederholen? Susanne Dettmann? Verstehe, seit gestern als vermisst gemeldet«, fasste er laut zusammen. »Ja, das könnte passen. Ich fahre mit Herrn Neumann.« Er nickte zustimmend. »Ja, jetzt gleich. Wir sind hier sowieso durch. Hardy und Hannah kommen zu Ihnen aufs Revier, oder?« Wieder hörte er einen Augenblick aufmerksam zu und wiederholte die Adresse von Susanne Dettmanns Mutter, während Axel, der neben ihm stand, mitschrieb. »Dann bis morgen, Chef. Nach dem Gespräch mit der Mutter werde ich Feierabend machen, falls Sie keine Einwände haben?« Er beendete das Telefonat und sah in die Runde der Kollegen. »Ich nehme an, ihr habt alles mitbekommen und verstanden?«

»Nur, dass Hardy und ich aufs Präsidium fahren. Weshalb ist Mitheimer so sicher, dass es sich bei der Toten um Susanne Dettmann handelt?«

»Eher ein glücklicher Zufall. Die zweite infrage kommende Frau ist wieder aufgetaucht. Und zwar während der Boss mit der Schwester sprach. Nummer drei auf der Liste der Treffer hat gefärbte Haare und schied deshalb von vorneherein aus. Deswegen kann es sich bei der Leiche eigentlich nur um Susanne Dettmann handeln. Es sei denn, die Tote wurde bisher nicht als vermisst gemeldet.«

»Drücken wir die Daumen, dass die Identifizierung klappt. Je schneller wir wissen, wer das Opfer ist, umso rascher können wir die Ermittlungen konkretisieren.«

»Nutzen wir die goldenen Stunden«, warf Neumann belehrend ein.

»Genau, Axel, gut aufgepasst. Die ersten achtundvierzig Stunden sind fast immer entscheidend. Was in diesem schmalen Zeitfenster an Spuren, Hinweisen und Zeugenvernehmungen verpasst wird, ist oft unwiederbringlich verloren. Und da ist nach meiner Erfahrung wirklich was Wahres dran. Also halte dich daran, Axel, okay?«

Der junge Kollege nickte eifrig.

»Hannah und ich machen uns auf den Weg, oder liegt noch etwas an?«

»Nein. Wir fahren auch los, ich will heute Abend pünktlich in den Feierabend. Es ist mir zum ersten Mal gelungen, rechtzeitig Theaterkarten zu besorgen.«

»Im Stadttheater?«, wollte Hannah wissen.

Çetin schüttelte den Kopf. »Ich möchte gleichzeitig ein wenig Sprachauffrischung bekommen, deshalb gehe ich mit meiner Schwester ins English Theatre in Frankfurt. Vielleicht kann ich von einem alten Ermittler-Hasen noch was abschauen, denn es gibt *Der Hund von Baskerville*.« Er lachte. »Wie sieht's aus, Doktor Watson, möchtest du Mister Sherlock Holmes begleiten?« Er sah den jungen Kollegen fragend an und tippte sich mit beiden Zeigefingern auf die Brust.

»Wenn deine Schwester auf der Suche nach einem attraktiven Kerl ist, gerne«, gab Neumann schlagfertig zurück.

»Schlags dir aus dem Kopf! Und außerdem, wie kommt es, dass die heiße Liebe zur Rechtsmedizinerin schon abgekühlt ist?«

»Geht dich nichts an. Du hast sie mir doch madig gemacht!«

Die Kommissarin lachte amüsiert auf. »Habt ihr immer einen so netten Umgangston? Euer Schlagabtausch macht Lust auf mehr. Ich wünsche ab jetzt Live-Mitschnitte eurer Unterhaltungen.«

»Haha«, gab Çetin spöttisch zurück. »Komm du mal den ganzen Tag mit diesem Typen klar. Da muss man mit allen Wassern gewaschen sein und darf kein Blatt vor den Mund nehmen.«

»Hört, hört. Unser osmanischer Kollege hat Mühe, den Milchbart im Zaum zu halten.«

»Von wegen, aber er will ständig das letzte Wort haben.«

»Kommt mir bekannt vor«, rief Hardy lachend.

Hannah lachte ebenfalls. »Ja klar. Doch nun Beeilung, die Herren, sonst wird der Hund von Baskerville ohne Çetin auskommen müssen.«

Çetin sah seinen Partner an. »Bereit?«

»Sicher. Jetzt tu bitte nicht so, als sei ich noch komplett grün hinter den Ohren. Es ist zwar keine Lieblingsbeschäftigung von mir, aber es ist durchaus schon vorgekommen, dass ich mit Leuten sprechen musste, die einen Angehörigen vermisst haben, den wir tot aufgefunden haben.«

»Dann möchtest du das Gespräch führen?«

»Kann ich machen. Schickst du mir das Bild von ihr aufs Handy?«

»Nein. Zuerst werden wir uns ein Foto von Susanne Dettmann zeigen lassen. Wir sollten der Mutter und dem Lebensgefährten ersparen, eine Leiche anzusehen, die eine Fremde für sie ist.«

»Du hast recht«, erwiderte Axel zerknirscht. »Hätte ich drauf kommen müssen. Es ist womöglich doch besser, wenn du …«

Çetin schüttelte den Kopf. »Du schaffst das.«

Ein Mann, der aus der Tür trat und ihnen entgegenkam, unterbrach das Gespräch. »Wollen Sie zu uns?«

Die Beamten nickten synchron.

»Guten Abend«, begrüßte Axel Neumann den Herrn. »Wir kommen wegen der Vermisstenanzeige, die Sie aufgegeben haben. Sie sind der Lebensgefährte von Susanne Dettmanns Mutter, nehme ich an?«

Der Mann bejahte. »Mein Name ist Friedrich Lenze.«

»Freut mich«, sagte der junge Kommissar und schüttelte ihm die Hand. »Dürfen wir reinkommen?«

»Selbstverständlich.« Der Mann kam ans Gartentor und öffnete für die Beamten.

»Charlotte wartet drinnen. Ein Kollege, ich glaube, er hieß Mitbach, hat Sie bereits angekündigt.«

»Mitheimer«, korrigierte Neumann Herrn Lenze und erntete dafür von Çetin einen Rempler in die Seite.

»Kann auch sein. Sie müssen verzeihen, Lotte und ich sind völlig durch den Wind. Susi wohnt zwar seit Jahren nicht mehr bei uns, aber sie meldet sich regelmäßig. Wenn sie länger fortgeht, sagt sie immer Bescheid.«

»Frau Dettmann hat ihre Tochter vor zwei Tagen als vermisst gemeldet. Das scheint mir ein zu kurzer Zeitraum ohne Nachricht, um ängstlich zu werden.«

Erneut knuffte Çetin ihn unauffällig und deutete ihm mit einer Geste an, dass er die Klappe halten sollte. »Standen Mutter und Tochter in täglichem Kontakt?«

»Mehr oder weniger. Ab und an verging ein Tag ohne einen Anruf. Aber nie länger. Es sei denn, wie ich bereits erwähnte, Susi meldete sich ab, weil sie in den Urlaub fuhr.«

»Okay, dann verstehe ich, dass sie beunruhigt sind.«

Herr Lenze öffnete die Haustür und bat die Beamten hinein.

»Kommen Sie ins Wohnzimmer.« Er deutete den Flur hinab. »Dort entlang.«

Axel Neumann betrat als Erster die Wohnung. Frau Dettmann saß auf einem wuchtigen Sessel und sah den Polizisten entgegen. Ihre Augen spiegelten unverkennbar die Furcht vor dem anstehenden Gespräch wieder. »Haben Sie sie gefunden?«, fragte sie so unvermittelt, als schien es ihr das Beste, sofort Klarheit zu erlangen.

Axel Neumann hob zu einer Antwort an, doch Çetin fuhr ihm dazwischen. »Es besteht die Möglichkeit, dass es sich um Ihre Tochter Susanne handelt. Zunächst möchte ich Sie bitten, mir noch ein paar aktuelle Bilder von ihr zu zeigen.«

Die Frau lachte auf. »Susanne, so hat sie eigentlich nur ihr Vater genannt. Merkwürdig, den Namen jetzt wieder zu hören. Mit den Fotos kann ich kaum weiterhelfen. Susi hasst es, wenn man sie fotografiert. Sie findet sich nicht fotogen und dreht fast immer den Kopf zur Seite, um der Kamera auszuweichen. Letzte Woche habe ich sie aber im Garten erwischt, als sie Unkraut gejätet hat. Sehen Sie.« Sie griff zum Smartphone, das vor ihr auf dem Tisch lag.

Schnell berührte sie nacheinander einige Icons, nickte und hielt Çetin das Telefon hin.

Dem Kommissar wurde mit einem einzigen Blick klar, an der richtigen Adresse zu sein. Er hüstelte kurz und sah Frau Dettmann bedauernd an. »Leider muss ich Ihnen nach Ansicht dieses Fotos mitteilen, dass es sich bei der Leiche, die wir im Raunheimer Wald gefunden haben, höchstwahrscheinlich um Ihre Susanne handelt. Um hundertprozentige Klarheit zu erhalten, würde ich Sie bitten, mir einen Gegenstand mit der DNA ihrer Tochter mitzugegeben. Das kann eine Zahnbürste, Haarbürste, ein benutztes Taschentuch oder ein einzelnes Haar sein.«

Frau Dettmann stand mit versteinerter, bleicher Miene auf, schwankte und lief mechanisch zu einer Tür. Çetin vermutete, dass es sich um das Badezimmer handelte. »Ich hole etwas«, sagte sie tonlos und verschwand.

»Wann können wir sie sehen?«, fragte Herr Lenze mit leiser Stimme.

»Leider erst, wenn die Rechtsmedizin sie freigibt. Das kann ein bis drei Tage dauern«, erwiderte Neumann mitfühlend.

Der Mann nickte. »Gut. Müssen wir sie identifizieren kommen?«

Çetin schüttelte den Kopf. »Nein, das können wir Ihnen ersparen. Die direkte Methode kommt heutzutage nur noch in den seltensten Fällen zum Tragen. Ein DNA-Abgleich oder ein Zahnstatus geben uns hundertprozentige Gewissheit. Sie als Angehörige haben mit dem Verlust genug zu verarbeiten, deshalb versuchen wir, Sie zumindest in dieser Hinsicht zu schützen.«

»Haben Sie Fragen zu Susi? Vielleicht kann ich Ihnen weiterhelfen, während Lotte im Bad nach etwas Brauchbarem sucht.«

»Sicher einige, aber erst, wenn ihre Identität eindeutig geklärt ist. Haben Sie eine Idee, warum Susanne im Raunheimer Wald gewesen sein könnte? Joggte oder walkte sie gerne?«

Herr Lenze sah Çetin einen Augenblick schweigend an. »Mir fällt nicht unbedingt etwas ein, was mit dem Wald in Zusammenhang steht. Susi machte keinen Sport, zumindest soweit ich weiß. Aber in Raunheim wohnt ihre Freundin Lydia. Die ist gerade im Urlaub, und die beiden hatten vereinbart, dass Susi sich um ihr Haus und den Garten kümmert. Blumen wässern, Post rausholen und solche Dinge.«

»In Ordnung, das ist zumindest ein Anhaltspunkt. Kennen Sie den Nachnamen der Freundin?«

»Irgendetwas polnisch klingendes mit einem *ski* hinten. Ach ja, Piotrowski, glaube ich. Aber fragen Sie sicherheitshalber noch einmal bei Charlotte nach. Mein Namensgedächtnis ist nicht das Beste.«

»Absolut«, warf Neumann ein und wurde ein weiteres Mal durch einen Tritt ans Schienbein zum Schweigen gebracht.

»Was?«, fragte Herr Lenze irritiert.

»Polnische Namen enden oft auf *ski*«, antwortete Çetin und versuchte, den Kollegen und sich selbst aus der peinlichen Situation zu retten.

Die Beamten und Herr Lenzen standen sich einige Augenblicke schweigend gegenüber. »Ich gehe mal nach Charlotte sehen, das dauert mir ein wenig zu lange.« Er klopfte an die Badezimmertür. »Kann ich reinkommen Liebes?« Vorsichtig schob er die Tür einen Spalt auf. Frau Dettmann saß auf dem Rand der Badewanne und hatte ihre Hände vors Gesicht geschlagen. Herr Lenze trat zu ihr, nahm sie in den Arm und stieß die Badezimmertür mit dem Fuß hinter sich zu.

»Die arme Frau«, sagte Çetin mitfühlend. »Ich mag mir nicht ausmalen, was gerade in ihr vorgeht.«

Axel Neumann nickte zustimmend. »Ich finde aber, dass sie sich trotzdem recht gut im Griff hat.«

»Wahrscheinlich nur solange wir noch hier sind. Ich denke, dass sie das Gehörte noch gar nicht wirklich realisiert hat.«

Frau Dettmann trat mit verweinten Augen aus dem Badezimmer.

»Entschuldigen Sie bitte, dass es länger gedauert hat. Zuerst wollte ich Susis Bürste herausbringen, aber dann«, flüsterte sie und begann erneut leise zu weinen. »Dann habe ich sie zurückgelegt. Jetzt, wo sie fort ist und mir nichts mehr bleibt als ein paar persönliche Gegenstände, möchte ich die Haarbürste behalten. Ich hoffe, das genügt Ihnen?«

»Ja«, erwiderte Axel Neumann nickend und zog einen Plastikbeutel aus der Hosentasche.

»Was haben sie meinem Mädchen angetan?«, fragte Susannes Mutter mit bebender Stimme.

»Das können wir im Augenblick nicht beantworten. Es ist noch ungeklärt, woran genau sie verstorben ist. Unsere Rechtsmedizinerin arbeitet mit Hochdruck daran, Ihnen bald Antworten auf Ihre Fragen zu liefern.

»Sie meinen, es besteht die Möglichkeit, dass sie keinem Mord zum Opfer gefallen ist?«

»Ja. Ich muss jedoch sagen, dass die Situation, in der wir Ihre Tochter gefunden haben, eher für ein Gewaltverbrechen spricht.«

Frau Dettmann schwankte erneut, als Herr Lenze aus dem Bad zu ihnen trat und sie am Arm stützte.

»Brauchen Sie Hilfe? Ich könnte jemandem vorbeischicken, der sich kümmert und Sie psychologisch betreut.«

Beide schüttelten gleichzeitig den Kopf. »Nein, wir kommen allein zurecht. Setzen Sie alles daran, herauszufinden, was geschehen ist. Und sorgen Sie bitte dafür, dass ich rasch zu ihr kann.«

»In Ordnung. Wir melden uns wieder, wenn wir neue Informationen haben.«

Frau Dettmann nickte.

»Ach, eins noch: Wie heißt Susis Freundin Lydia mit Nachnamen? Herr Lenze war sich nicht ganz sicher.«

»Piotrowski. Sie wohnt in der Heinrich-Heine-Straße, soweit ich weiß. Im Moment ist sie im Urlaub, aber sie kommt am Sonntag zurück.«

»Also morgen?«

»Ja, zumindest hat Susi es mir so erzählt.« Wieder begann sie zu weinen. Nun so heftig und hemmungslos, dass Çetin seinen Kollegen am Arm packte und nach draußen zog.

*

Am Wagen angekommen sagte Çetin mit finsterer Miene: »Wir beide sollten einige Takte miteinander reden. Das da drin war alles andere als professionell. Ich hoffe, du weißt auch ohne die Standpauke von mir, dass du absoluten Mist gebaut hast.«

Axel nickte. »Ich weiß nicht, was da in mich gefahren ist. Irgendwie habe ich nach einer Ablenkung von der traurigen Sache gesucht«, erwiderte er, rot bis in die Haarspitzen. »Da kamen mir die Vergesslichkeit und die, du entschuldigst, etwas tapsige Art von Herrn Lenze entgegen.«

»Du verhältst dich nie wieder so gegenüber Menschen, die gerade von einem schlimmen Schicksalsschlag erfahren. Haben wir uns da verstanden? Es macht die Sache nicht besser, abzulenken und zu versuchen, witzig zu sein. Die nächsten Male hältst du die Klappe und redest nur, wenn du explizit von mir dazu aufgefordert wirst.«

»Aber …«, setzte Neumann zur Verteidigung an.

»Mundhalten, Kollege. Entweder du akzeptierst, oder ich erzähle Mitheimer von deinem Verhalten.«

»Einverstanden«, gab er kleinlaut zurück und sprach den Rest der Fahrt zum Präsidium kein Wort mehr.

Das Gespräch mit Hardy hatte die Kommissarin nachdenklicher gestimmt, als sie sich zunächst eingestand. Das Gespräch auf der Heimfahrt vom Revier, in dem ihr Kollege ein weiteres Mal die Beziehung zu Cornelius Winterherbst angesprochen hatte, hatte Hannah bestärkt, ihren Freund über die Vorfälle der letzten Tage zu informieren.

Einen Augenblick stand sie unentschlossen im Flur und legte sich in Gedanken die Sätze zurecht, mit denen sie das Telefonat beginnen wollte.

Sie zuckte erschrocken zusammen, als es an der Wohnungstür klingelte. *Wer kann das sein?*, dachte sie verärgert und gleichzeitig dankbar für den Aufschub des Anrufs. Sie ging zur Tür und warf einen Blick durch den Spion. Sie sah einen Mann in der Uniform eines Paketdienstes, der ungeduldig hin und her wippte. Die Kommissarin nahm die Kette ab und öffnete.

»DPD, sind Sie Frau Hannah Bindhoffer?«

»Ja«, antworte sie und sah auf das Paket, das der Bote ihr entgegenhielt. Das Klebeband, welches das Absenderfeld zum Teil überdeckte, verhinderte, dass sie erkennen konnte, woher das Päckchen kam. »Sehen Sie mit Ihrem Gerät, wer mir das geschickt hat?«, fragte sie freundlich und in der Gewissheit, nichts bestellt zu haben.

»Tut mir leid, der Absender ist hier auf dem Display nur ein bunter Haufen an Buchstaben. Vermutlich wegen des vielen Paketbands. Ich kann Ihnen allerdings sagen, dass es aus Hamburg kommt.«

Hannah freute sich, denn damit konnte es nur eine Überraschung von ihrer Familie sein.

»Okay«, sagte sie lächelnd. »Dann geben Sie mal her.«

Sie unterschrieb auf dem elektronischen Unterschriftenfeld, nahm das Paket und ging zurück in die Wohnung. Der Anruf bei Cornelius musste noch ein wenig warten, denn ihre Neugier auf den Inhalt der Sendung war zu groß. Sie holte eine Schere aus der Küchenschublade und versuchte, das Klebeband zu durchtrennen. *Verflixter Gips, ich packe es nicht*. Sie mühte sich, trotz der Einschränkung des linken Arms, und schaffte es schließlich.

Zunächst blickte sie auf eine Lage Verpackungsfolie. Sie zog sie zur Seite und entdeckte eine rote Schachtel mit Schleife, die mit weiteren Folien umwickelt worden war. Vorsichtig hob sie die Pappschachtel heraus und hob den Deckel ab. Ein rechteckiger Gegenstand, in schwarzes Papier gewickelt, lag auf einem Teppich aus Rosenblättern. Hannah runzelte die Stirn. Wer aus der

Familie sollte ihr so etwas schicken? Das aufsteigende Gefühl schleichender Angst ließ sie innehalten. Was, wenn dieses Paket von demjenigen kam, der das Handy in ihr Auto gelegt hatte? Die Kommissarin überlegte einen Moment und entschied sich, erst Hardy zu informieren und mit ihm gemeinsam den Inhalt genauer in Augenschein zu nehmen. Sie griff zum Smartphone, wählte die Nummer des Kollegen und erklärte, warum er noch einmal zu ihr kommen musste.

»Lass die Finger davon, bis ich bei dir bin. Versprich es mir, Hannah.«

»Darauf kannst du dich zu hundert Prozent verlassen.«

Bei dem Typ, der vor ein paar Minuten hier angekommen und nach oben gerannt war, musste es sich um ihren Kollegen Hardy handeln. Über die Kopfhörer, die er fast vollkommen unter einer Baseballkappe verbarg, hatte er das Telefonat der beiden belauscht. *Fabelhafte Wanze,* dachte er flüchtig, bevor er aufstand, um dem Polizisten in den Hausflur zu folgen. Der Platz auf den Stufen oberhalb der Wohnung der Schlampe würde ihm die Gelegenheit bieten, zumindest einen Teil der Unterhaltung von drinnen mitzuhören, ohne sich auf die Kopfhörer verlassen zu müssen. Entsetzte Schreie klangen im Original stimulierender als über Ohrhörer und nährten den Wunsch nach Rache an dem Miststück.

Voller Vorfreude stieß er die Haustür, die dank des von ihm untergeschobenen Keils nur angelehnt war, auf. Was für ein *Schwachkopf, dieser Hardy. Der Idiot hätte den Keil bemerken müssen. So was von unachtsam.* Er lachte auf, stieg die Stufen hinauf, und nahm in gespannter Erwartung Platz.

»Auf geht's zu Runde zwei, du Miststück. Ich kann es kaum abwarten, dich quieken zu hören, wenn du die Urne öffnest und deine Freundin findest. Quasi in Schutt und Asche.« Ashes to Ashes – die Melodie des Bowiesongs erklang in seinem Kopf. »Büße dafür, was du aus meinem Leben gemacht hast«, flüsterte er in den leeren Hausflur und schloss die Augen. Von drinnen konnte er über die angebrachte Wanze jemanden reden hören. Die Unterhaltung fand in normaler Lautstärke statt. »Das ändern wir«, erklärte er grinsend. »Schneller, als dir lieb ist. Und wenn es dir nicht genug ist, Emma stückchenweise zu erhalten, habe ich noch einige weitere Ideen, um dir ordentlich einzuheizen. Schlechte Nachrichten für Kommissarin Bindhoffer, ich hab den Fanghaken nach deinem Leben ausgeworfen. Ich werde die Schlinge so lange enger ziehen, bis du in der Klapsmühle landest. Mein heiliges Ehrenwort«, wisperte er grinsend, bevor er eine Passage aus Bowies Song anstimmte. »We know Major Tom's a junkie, strung out in heaven's high, hitting an all-time low.«

Als der entsetzte Aufschrei der Kommissarin durch den Flur hallte, erhob er sich, das Gesicht zu einem bösartigen Grinsen verzerrt. Er schickte einen Luftkuss in Richtung von Hannahs Wohnungstür und verschwand.

Als Lydia am Morgen nachhause kam und das verwüstete Schlafzimmer entdeckte, alarmierte sie sofort die Polizei. Verwundert darüber, dass der Beamte am Telefon sie bat, einen Moment in der Leitung zu bleiben, um sie mit der Kripo zu verbinden, begann eine schreckliche Ahnung hinter ihren Schläfen zu pochen. Es dauerte etwa eine Minute, bis sie mit den Worten »Kriminalpolizei Rüsselsheim, Mitheimer, guten Morgen«, begrüßt wurde.

»Äh, entschuldigen Sie. Ehrlich gesagt weiß ich überhaupt nicht, warum man mich zu Ihnen durchgestellt hat. Ich wollte einen Einbruch melden.«

»Ist die Information korrekt, dass Ihr Name Lydia Piotrowski ist?«

»Ja, aber weshalb …?«

»Sie sind bei mir gelandet, weil einer meiner Kollegen heute früh ohnehin Kontakt mit Ihnen aufgenommen hätte. Es geht um Susanne Dettmann. Sie sind mit ihr befreundet?«

»Ja. Was hat Susi mit dem Einbruch zu tun?«

»Frau Piotrowski, lassen Sie es mich kurz erklären. Normalerweise geben wir solche Mitteilungen nicht am Telefon weiter. Aber da Sie bei uns angerufen haben, bevor ein Beamter die Gelegenheit hatte, Sie zu sprechen, lässt es sich kaum mehr verhindern. Ich muss Ihnen leider sagen, dass Susanne Dettmann tot ist. Ihre Leiche wurde im Raunheimer Wald gefunden. Die Mutter von Frau Dettmann erzählte uns, dass sie für Sie nach dem Rechten sah, während Sie Urlaub machten. Ist das korrekt?«

Josef Mitheimer erhielt zunächst keine Antwort. Vom anderen Ende der Leitung hörte er hektische Atemzüge, bevor Lydia aufschrie. »Nein, nicht Susi. Bitte sagen Sie mir, dass Sie einen Fehler gemacht haben. Sind Sie absolut sicher?«

»Tut mir leid, Frau Piotrowski«, fügte er bedauernd hinzu. »Mir wäre es lieber, ich säße jetzt bei Ihnen, während wir diese Unterhaltung führen. Ich halte mich deshalb kurz und schicke nachher jemanden vorbei. Die Antwort auf meine Frage bringt uns jedoch unter Umständen schon ein Stück weiter.«

Weinend gab Lydia zurück: »Ja, sie hat sich um das Haus gekümmert.«

»In Ordnung. Und Sie sagten, es sei eingebrochen worden?«

»Mein ganzes Schlafzimmer ist verwüstet, ein absolutes Chaos.«

»Hören Sie mir jetzt genau zu, Frau Piotrowski. Ich schicke so schnell wie möglich jemanden vorbei. Bitte versprechen Sie mir, in der Zwischenzeit nichts anzufassen oder zu verändern.«

»Ich setze keinen Fuß in das Zimmer«, wimmerte sie kläglich.

»Auch die anderen Räume unberührt lassen, okay? Warten Sie einfach, bis die Kollegen eintreffen.«

»Mache ich, versprochen.«

Josef Mitheimer beendete das Telefongespräch und wählte
Jens Hartmanns Nummer.

»Chef? Was gibt's?«

»Sind Sie einsatzbereit? Ich habe eben mit Frau
Piotrowski telefoniert. Sie rief an, weil bei ihr
eingebrochen wurde, was sie melden wollte. Blöde
Situation, denn ich musste ihr am Telefon mitteilen, dass
ihre Freundin tot ist.«

»Oh verdammt.«

»Genau. Jetzt möchte ich, dass rasch jemand zu ihr fährt,
das habe ich ihr versprochen.«

»Bin schon unterwegs. Kann ich Hannah mitnehmen?«,
fragte Hardy.

»Tut mir leid, sie hat mich noch gestern Abend informiert,
dass sie sich wegen dieses verfluchten Pakets für heute
Vormittag frei nehmen möchte. Außerdem hat sie einen
Termin zur Kontrolluntersuchung im Krankenhaus. Ich
werde sie von Seidel hinbringen lassen. Wegen des
gebrochenen Arms hab ich ihr Fahrverbot erteilt.« Er
lachte kurz auf. »Sie können sich die Reaktion darauf
vorstellen?«

»Ohne Probleme und bildlich, Chef«, erwiderte Hardy
lächelnd. Er deutete Hannahs Widerstand als gutes

Zeichen dafür, dass die Kollegin den gestrigen Schock bereits einigermaßen verdaut hatte. Ihm fiel ein, dass er gestern vergessen hatte, sie zu fragen, ob es sich bei dem Paketboten um den Täter handeln könnte. Er würde sie gleich nachher anrufen.

»Herr Alcan ist verfügbar und im Haus. Gehen Sie mit ihm«, holte Josef Mitheimer ihn aus den Gedanken.

»Hervorragend, dann fahre ich mit Çetin. Sollte ich noch irgendetwas wissen, bevor wir starten?«

»Der Einbrecher muss ordentlich gewütet haben, wenn man Frau Piotrowski glauben kann. Und es ist durchaus denkbar, dass er mit dem Tod von Susanne Dettmann in Verbindung steht. Hinterfragen Sie alles, was relevant sein könnte. Die Spurensicherung ist bereits informiert und auf dem Weg. Melden Sie sich, wenn es Erkenntnisse gibt, in Ordnung?«

»Klar, Boss. Aber wieso sollten der Einbruch und der Tod von Frau Dettmann in Zusammenhang stehen?« Hardys Chef umriss kurz, was Çetin und Neumann gestern im Haus von Susannes Eltern in Erfahrung gebracht hatten.«

»Verstehe. Sie könnte sich dort aufgehalten haben, als der Täter in die Wohnung eindrang.«

»Das ist ein möglicher Ansatz, oder er war bereits drin und sie kam dazu. Ach noch etwas, Herr Hartmann.«

»Ja?«

»Frau Doktor Listner hat angerufen. Sie möchte, dass heute jemand von uns in die Rechtsmedizin kommt. Sie sagte, sie hat ein interessantes Detail entdeckt, das sie uns zeigen muss.«

»Klingt aufschlussreich. Wenn ich zu Lydia Piotrowski fahre, wird das allerdings eine Weile dauern.«

»Deshalb wollte ich wissen, ob Sie der Meinung sind, dass ich die Kollegin Bindhoffer dafür einsetzen kann. Ich weiß, dass sie ständig die Frau mimt, die nichts erschüttern kann. Aber ist sie das augenblicklich und halten Sie sie für diensttauglich? Nach all dem, was passiert ist? Die Untersuchung im Krankenhaus ist vermutlich rasch erledigt und ich dachte …«

»Sie sollten Sie unbedingt beschäftigen, Boss. Hannah ist wegen der beiden Angriffe völlig durcheinander. Zudem muss sie auf die Ergebnisse der Spurensicherung aus ihrer Wohnung warten. Deswegen dürfen Sie sie jetzt auf keinen Fall zur Untätigkeit verdonnern, sonst dreht sie durch. Schütten Sie sie mit Arbeit zu, aber lassen Sie Berichte schreiben dabei besser außen vor«, riet Hardy grinsend.

»Dachte ich mir auch. Ich wollte es nur von Ihnen bestätigt und abgesegnet wissen. Außerdem wäre mir wohler, wenn Frau Bindhoffer von nun an immer in Begleitung eines unserer Beamten ist. Wer weiß, was dieser Psychopath noch plant.«

»Sehe ich genauso. Als sie gestern nicht mit zurück zum Präsidium wollte, bin ich nach Dienstschluss hingefahren und habe eine recht unbequeme Nacht auf der Couch verbracht. Allerdings schien es ihr in der Früh besser zu gehen, zumindest hat sie gemeckert, dass ich Zahnpasta ans Waschbecken geschmiert hätte. Ich nehme trotzdem an, dass sie die Zeit allein zu Hause braucht, um im Krankenhaus und hier normal auftreten zu können. Ganz so gefasst wie sie uns glauben machen will, ist sie nämlich nicht. Heute Abend kommt sie mit zu mir nach Hause. Sicher ist sicher. Solange ihr Freund im Urlaub ist, lasse ich sie besser keine Sekunde mehr aus den Augen.«

»Mir fällt ein Stein vom Herzen, Herr Hartmann, und ich danke Ihnen. Wenn Sie das nicht freiwillig tun würden, müsste ich eine Streife vor ihrem Haus abstellen.«

»Nein, das ist zu unsicher. Und ich gebe zu, dass ich schon jetzt ein ungutes Gefühl habe, dass sie allein in ihrer Wohnung geblieben ist.«

»Seidel fährt ja gleich los«, beruhigte Mitheimer ihn. »Und offen gestanden glaube ich kaum, dass der Täter so rasch wieder dort auftaucht.«

»Hoffentlich liegen Sie damit richtig«, erwiderte Hardy skeptisch.

»Aber jetzt lassen Sie uns sehen, dass wir im Fall Susanne Dettmann vorankommen. Ziehen Sie los und bringen Sie alle Informationen mit, die irgendwie nützlich sein könnten.«

Hardy parkte den Wagen direkt vor dem Haus, während Çetin begeistert den Blick umherschweifen ließ. »Fantastische Wohngegend, hier lässt es sich aushalten.«

»Kommt ganz auf den Wind an. Wenn die Flugzeuge tief drüber donnern, kannst du einen Kaffeeklatsch im Garten vergessen.«

»Ich höre nichts.«

»Ja, dann benutzen sie im Moment andere Start- und Landebahnen. Aber glaub mir, es ist zum Teil höllisch laut hier. In der Gebrüder-Grimm-Straße«, er deutete hinter das Gebäude, »das ist nur drei Straßen weiter, wohnt einer meiner Freunde. Er überlegt an extremen Lärmtagen immer wieder, sein Haus zu verkaufen und an einen ruhigeren Platz zu ziehen.«

»Hm, ein zweischneidiges Schwert. Einerseits machen die Flugzeuge ordentlich Krach. Andererseits ist man zügig am Flieger, wenn man in den Urlaub will. Außerdem gibt es eine Menge Arbeitsplätze rund um den Flughafen, oder?«

»Klar, und seitdem das Nachtflugverbot gilt, ist es zumindest nachts leiser geworden. Aber egal, darüber können wir ein anderes Mal reden. Frau Piotrowski wartet auf uns.«

Sie stiegen aus und gingen zum Hoftor.

»Zwei Parteien«, sagte Çetin. »Soll ich direkt zu den Nachbarn gehen und hören, ob die etwas mitbekommen haben, oder dich begleiten?«

»Komm erst einmal mit mir. Mit den …«, er schaute auf die Klingelschilder, »Einbecks können wir uns später unterhalten.« Hardy drückte die Klingel.

Lydia Piotrowski trat ihnen im Hausflur entgegen.

»Ein Glück, dass Sie da sind. Viel länger wäre ich nicht mehr allein da drinnen geblieben.« Ihr gerötetes Gesicht und die in Tränen schwimmenden Augen verrieten, dass sie furchtbare Momente durchlitten hatte.

Çetin stellte sich und Hardy vor, zeigte ihr den Dienstausweis und sprach sein Beileid über den Verlust der Freundin aus.

»Ich kann es noch gar nicht fassen. Letzte Woche haben wir lange miteinander telefoniert und Pläne geschmiedet. Das ist nun alles vorbei.« Sie wischte mit einem Papiertaschentuch die Tränen aus dem Gesicht und schüttelte den Kopf. »Einfach nur unfassbar. Aber kommen Sie doch erst mal herein, wir setzten uns auf die Terrasse, oder wollen Sie sich zuerst umsehen?«

»Das ist das Wichtigste«, erklärte Çetin umsichtig.

»Dann gehen Sie hinein.« Sie deutete in die Wohnung. »Wenn es in Ordnung ist, werde ich Sie nicht ins

Schlafzimmer begleiten. Da drin bekomme ich das Gefühl, in der Falle zu sitzen.«

Hardy nickte. »Mein Kollege wird sich drinnen umsehen und wir beide unterhalten uns solange auf Ihrer Terrasse, okay?«

»Ja«, antwortete sie mit zittriger Stimme. »Gehen wir durch den Garten.«

»Die Leute von der Spurensicherung sind noch nicht da?«, fragte Hardy, als sie über die Wiese nach hinten liefen.

»Außer Ihnen ist bisher niemand hier.«

Sie nahmen an einem stabilen Holztisch Platz und Frau Piotrowski bat dem Kommissar ein Glas Eistee an.

»Nein danke. Lassen Sie uns gleich anfangen.«

Sie nickte und versuchte, nicht die Fassung zu verlieren, während er ihrer fahlen Gesichtsfarbe ansah, dass sie Mühe hatte, gelassen zu bleiben.

»Falls es Ihnen zu viel wird und Sie eine Pause benötigen, sagen Sie mir bitte Bescheid«, bat Hardy, bevor er die Befragung begann. »Also, Sie waren im Urlaub und Susanne Dettmann sah währenddessen in Haus und Garten nach dem Rechten, richtig?«

»Ja, Susi übernimmt das immer, wenn ich unterwegs bin. Übernahm«, verbesserte sie sich und atmete tief ein. »Entschuldigung, ich versuche, mich zusammenzureißen, aber es ist so unwirklich und unfassbar.«

»Wirklich überhaupt kein Problem.« Er lächelte verständnisvoll. »Hat sie Ihnen vor Ihrer Abreise etwas erzählt, was für uns von Belang sein könnte? Fühlte sie sich bedroht oder kam ihr jemand aus ihrem Umfeld seltsam vor? Gab es Leute, die auf Frau Dettmann wütend waren?«

Lydia Piotrowski schüttelte den Kopf. »Nein, sie hat nichts erwähnt. Susi war eine Seele von einem Menschen und wenn Sie sie gekannt hätten, wüssten Sie, dass alle sie mochten. Sie half jedem und packte an, wo es ging.« Sie begann hemmungslos zu schluchzen, während sie in ihrer Hosentasche nach dem Papiertaschentuch kramte.

»Ich denke, ich gehe einen Moment hinein zu meinem Kollegen und sehe mich um. Atmen Sie in der Zwischenzeit tief durch und versuchen Sie, sich zu beruhigen, in Ordnung? Ich weiß, das ist im Augenblick sehr viel verlangt, und es tut mir leid, dass ich Sie in Ihrer Trauer stören muss.«

Sie nickte dankbar und schnäuzte laut ihre Nase.

»Komm her und sieh dir den Schlamassel an«, rief Çetin ihm entgegen. Hardy durchquerte das Wohnzimmer und betrat das Schlafzimmer, aus dem der Kollege ihn gerufen hatte.

Der Fußboden war im gesamten Raum von losen Bettfedern bedeckt. Auf dem Teppichboden vor dem Bett sah Hardy zwei deutliche Druckpunkte. In einen davon schien Flüssigkeit eingesickert zu sein, die Färbung wirkte dunkler. »Auf das hier«, er deutete nach unten, »sollten wir ein besonderes Augenmerk haben. Ich bin mir schon jetzt sicher, dass Susanne Dettmann hier ums Leben gekommen ist.«

»Das denke ich auch. Denn dass hier irgendwer ins Haus eingebrochen ist, alles zerfetzt hat, um danach mit seiner Komplizin ein Schäferstündchen auf dem Teppich einzulegen, halte ich für absolut unwahrscheinlich. Hast du sonst noch etwas entdeckt?«

»Neben der feuchten Vertiefung ist ein kleiner brauner Fleck. Könnte sich um Blut oder Schokolade handeln. Das werden wir dem Labor überlassen müssen.«

»Apropos, wann kommen die eigentlich?«, fragte Hardy.

»Mitheimer hat sie schon vor uns informiert, und für Frau Piotrowski wäre es besser, die Befragung nicht hier zu beenden. Sie ist völlig runter mit den Nerven.«

»Wen wundert das? Geh du wieder zu ihr, ich warte hier, bis die Spurensicherung kommt«, schlug Çetin vor. Er ging zum Fenster und bückte sich. »Was haben wir denn da?«

»Hmm?«, brummte Hardy.

»Hier liegt ein Messer unter dem Heizkörper. Damit ist die Theorie mit dem Schäferstündchen zwischen einem Ganovenpaar wohl endgültig vom Tisch.«

Hannah ging gemeinsam mit Axel Neumann über den Parkplatz zum Eingang des Gebäudes. Die Kommissarin kämpfte gegen das eigenartige Gefühl an, mit jemand anderem als ihrem Freund die rechtsmedizinischen Fakten des Falles zu besprechen. Seit sie im Rhein-Main-Gebiet war, arbeitete sie ausschließlich mit ihm zusammen. Sie nahm sich erneut vor, spätestens heute Abend mit Cornelius zu telefonieren. Weil sie hoffte, dass er bald zurückkam und ihr beiseite stand. Bis die bedrohliche Situation, von der er bisher nichts ahnte, beendet war, würde sie über ihren Schatten springen müssen.

Ja, ich wünsche ihn mir an meiner Seite. Auch wenn ich weiß, dass sein Vater ihn viel dringender braucht. Darf ich in diesem Fall egoistisch handeln und ihn bitten herzukommen? Was muss noch passieren, bis ich keine Gewissensbisse mehr habe?, überlegte sie gequält. *Sonst bekomme ich doch auch alles alleine in den Griff? Weshalb also Cornelius vom Sterbebett des Vaters holen?* Hannah schüttelte ihre Gedanken ab. »Wie ist die Neue so?«, fragte sie Neumann, um zurück ins Hier und Jetzt zu kommen.

»Entschuldige, dass ich das so sage, die ist echt strange. Auf gut Deutsch hat sie nicht alle Gurken im Glas.« Er nickte, um seinen Worten Nachdruck zu verleihen. »Normalerweise nenne ich niemanden nach einem ersten Kontakt verrückt, aber in diesem Fall.« Er kratzte sich nachdenklich die Nase.

»Çetin meinte, dass du Gefallen an ihr gefunden hättest.«

»Das war, bevor sie seltsame Sachen erzählt hat. Hör ihr ein paar Minuten zu, dann wirst du mir zustimmen.«

»Abwarten«, antwortete Hannah und drückte gegen die Eingangstür. »Mir kam sie gestern im Wald normal vor.«

»Du hast allerdings den Voodoo-Zauber verpasst, den sie zum Besten gab.«

»Okay, lassen wir's dabei bewenden und gehen zu ihr. Ich habe nämlich auch gehört, dass du gelegentlich dazu neigst, ein wenig zu übertreiben.« Sie zwinkerte Neumann mit amüsiertem Gesichtsausdruck zu.

*

Als sie, wie mit Frau Doktor Listner telefonisch verabredet, direkt zu den Obduktionsräumen im Keller des Instituts gingen, fiel der Kommissarin die Stille auf. Normalerweise lief hier unten immer das Radio leise im Hintergrund.

»Guten Tag«, begrüßte die Rechtsmedizinerin die Polizeibeamten. Ohne die gewohnte Musik schien ihre Stimme in den Kellerräumen laut von den Wänden zu hallen. »Kommen Sie am besten gleich zu mir rüber, damit Sie es mit eigenen Augen sehen. Oder hat jemand von Ihnen Probleme, hautnah am Geschehen zu sein?«

Beide schüttelten den Kopf.

»Umso besser.« Doktor Listner schlug das Laken zur Seite, das, um die Würde der Toten zu wahren, immer dann über einem Leichnam lag, wenn keine Obduktion stattfand. »Ich kann zunächst mitteilen, dass der Tod von Frau Dettmann ohne Fremdeinwirkung eingetreten ist. Schauen Sie hier«, sie deutete auf den Brustkorb der Verstorbenen. »Deutliche Hämatome in Höhe des Sternums. Hier hat jemand versucht wiederzubeleben, und zwar mit dem nötigen Kraftaufwand. Keine Pseudodrückerei ohne Wirkung.«

Hannah sah sie irritiert an. »Sagten Sie im Wald nicht, dass Susanne Dettmann Würgemale aufweist?«

»Vollkommen korrekt. Doch ich erklärte auch, dass die Stauungsblutungen zu gering erschienen, um todesursächlich zu sein. Deshalb vermutete ich bereits gestern, dass ich andere Ursachen zu sehen bekommen würde. Ich habe mich nicht getäuscht. Ihr Zungenbein ist intakt, was bedeutet, dass jemand der Frau kräftig an den Hals gegangen ist, aber aufhörte, bevor es brach und sie daran verstarb. Möglich, dass eine einsetzende Ohnmacht ihn davon abbrachte, das Werk zu vollenden. Würgen erfolgt sehr oft als Affekthandlung und der Täter erschrickt, wenn er sieht, dass sein Opfer das Bewusstsein verliert. Zumindest im günstigsten Fall.«

»Soweit komme ich noch verhältnismäßig gut mit«, erklärte Hannah nachdenklich. »Aber was mir ein absolutes Rätsel aufgibt, ist die Frage, warum jemand sie zuerst fast erwürgt und danach versucht, sie wiederzubeleben.«

»Es steht nicht fest, dass es sich um dieselbe Person handelt«, warf Neumann ein.

»Doch«, antwortete Frau Doktor Listner sofort. »Vergleicht man die Abdrücke auf dem Hals und dem Brustkorb, kann man relativ sicher sein, dass es so ist. Dass zwei so große Handabdrücke von unterschiedlichen Personen stammen, ist eher unwahrscheinlich.«

Hannah sah auf den Leichnam von Susanne Dettmann hinab und schüttelte den Kopf. »Ich verstehe das absolut nicht. Ich weiß ja, es gibt absurde Zufälle. Aber dass gleich, nachdem Frau Dettmann gewürgt wurde, jemand anderer auftaucht, sie findet und Wiederbelebungsmaßnahmen ergreift, halte ich für ausgeschlossen. Besonders weil Sie mich mit der Größe der Abdrücke bestätigen. Deshalb habe ich überhaupt keine Idee, was da abgelaufen ist?«

»Vielleicht helfen ein paar zusätzliche Informationen von mir«, mutmaßte die Rechtsmedizinerin und nahm ihre Notizen zur Hand. »Leichte Quaddelbildung auf der Haut, höchstwahrscheinlich allergischen Ursprungs. Mehr Einzelheiten dazu, wenn die Ergebnisse der toxikologischen Untersuchung vorliegen. Natürlich muss das nicht zwangsläufig mit ihrem Tod in Verbindung stehen. Allerdings trat die Allergie auf jeden Fall kurz vor ihrem Ableben auf, weswegen ich einen Zusammenhang vermute. Frau Dettmanns Mageninhalt besteht aus einem bunten Durcheinander, und ich schätze, dass das«, sie zeigte auf eine kleine Nierenschale neben dem Sektionstisch, »eine mögliche Ursache sein könnte. Sieht mir schwer nach Nusspartikeln aus. Aber wie bereits erwähnt, ist da jede Menge miteinander vermischt, weswegen nur die Laboranalyse Klarheit bringen wird.«

»Hmm, erscheint mir immer noch absolut undurchsichtig«, antwortete Hannah nachdenklich.

»In der Tat. Viel mehr kann ich Ihnen im Augenblick aber leider nicht zu Frau Dettmanns Tod sagen. Fest steht einzig, dass sie einen anaphylaktischen Schock erlitten hat und an den Folgen verstorben ist. Warum jemand sie zunächst gewürgt und später versucht hat, ihr das Leben zu retten, müssen Sie herausbekommen.«

»Und auch, weshalb sie im Wald abgelegt wurde«, warf Neumann ein.

»Das steht für mich außer Frage«, erwiderte Hannah sofort. »Er hat die Abdrücke an ihrem Hals gesehen und wollte verhindern, dass sie gefunden wird. Denk doch mal nach, Axel. Lässt du dir von jemandem auf die Nase binden, dass derjenige eine Frau just for fun würgt, dann kapiert, dass sie fast stirbt und deshalb alles unternimmt, um sie zu retten? Selbst wenn es der Wahrheit entspräche, würde jeder von uns sich an den Kopf fassen und ihm kein Wort glauben, oder?«

»Klingt absolut logisch«, erwiderte die Rechtsmedizinerin und hob anerkennend einen Daumen in die Luft. Angesichts ihrer zuvor ausgesprochen ernsthaften und wissenschaftlichen Art, fand Hannah diese Geste unpassend. Sie schmunzelte über sich selbst. *Wenn sie den Kittel ablegt, ist sie eben auch nur Veronika Listner. Ich sollte weniger in Schubladen denken.*

»Sonst noch etwas?«, fragte die Rechtsmedizinerin und bedeckte den Körper von Frau Dettmann wieder mit dem Laken.

»Ja. Ich habe gestern Abend eine Haarsträhne zur DNA-Analyse vorbeibringen lassen. Wann rechnen Sie mit einem Ergebnis?«

»Fragen Sie das als Polizistin oder als Freundin des Institutsleiters?«

Hannah errötete, während Neumann erschrocken die Luft einsog. Bis zu ihm waren die Buschtrommeln des Reviers wohl noch nicht vorgedrungen. *Fetter Pluspunkt an Çetin,* dachte sie wohlwollend und hakte bei der Ärztin nach: »Macht das einen Unterschied?«

»Nur bedingt.« Frau Doktor Listner kicherte. »Es kann in so einem Fall absolut vorkommen, dass das Untersuchungsmaterial ein wenig auf der Warteposition vorrückt.«

»Eigentlich mag ich die Vitamin-B-Sache überhaupt nicht, aber heute.« Hannah lächelte verlegen. »Ich hoffe, das ist Ihre eigene Entscheidung?«

»Selbstverständlich. Die Umstände, die Herr Winterherbst im Moment durchlebt, verbieten mir, ihn telefonisch um Zustimmung zu bitten.«

Dem Himmel sei Dank, dachte die Kommissarin. *Nicht auszudenken, wenn Cornelius so von der Sache erfahren hätte.* Sie bedankte sich höflich und heilfroh bei der Rechtsmedizinerin.

»Keine Ursache, ich denke, ich kann morgen früh womöglich erste Ergebnisse liefern.«

Ich muss schleunigst Axel loswerden und mit Cornelius telefonieren, bevor es zu spät ist, beschloss Hannah und winkte zum Abschied.

»Und, was denkst du von ihr?«, fragte Neumann direkt vor der Eingangstür. »Ziemlich merkwürdig, oder?«

»Keineswegs. Ich halte sie für eine der kompetentesten Medizinerinnen, mit denen ich je zu tun hatte.«

»Und einige Mediziner kennst du offenbar näher? Das wusste ich gar nicht. Seit wann seid ihr …?«

»Geht dich kein Stück weit etwas an. Und jetzt hör auf zu plappern, Axel. Wir haben Wichtigeres zu tun. Zum Beispiel bei Susanne Dettmanns Mutter anrufen und sie fragen, welche Allergie ihre Tochter hatte. Außerdem bin ich sicher, dass du die Frau nur seltsam findest, weil du weißt, dass du nicht bei ihr landen kannst. Liege ich da richtig?«

Er winkte ab. »Das ist nun wiederum meine Sache, liebe Kollegin. Wenn du über Privates schweigst, halte ich es genauso.«

»Schon verstanden«, erwiderte Hannah und lächelte versöhnlich. »Möglicherweise könnte uns wegen der Allergien und Vorerkrankungen auch ein Arzt weiterhelfen. Das übernimmst du, in Ordnung?«

»Sehr gerne«, gab Neumann mit honigsüßer Stimme zurück. »Wenn es dich glücklich macht.« Hannah wusste, dass Axel die persönliche Frage von vorhin unangenehm war und er deswegen versuchte abzulenken. »Lass uns schleunigst zum Revier zurückfahren und hören, was Hardy und Çetin in der Zwischenzeit herausbekommen haben«, schlug sie vor und hielt ihm die Autoschlüssel entgegen.

26. JUNI 2016, POLIZEIPRÄSIDIUM RÜSSELSHEIM

Josef Mitheimer sah von der alten Akte auf, als sein Smartphone vibrierte. Er nahm den Anruf von Jens Hartmann entgegen und erfuhr, dass er und Çetin Alcan auf dem Weg zum Revier waren. Hannah Bindhoffer erwarte er ebenfalls bald zurück, weshalb er anordnete, dass alle Beamten zu einer Besprechung zusammenkommen sollten.

Er ging den Umweg über den Kaffeeautomaten, zog einen Entkoffeinierten und verzog nach dem ersten Schluck angewidert das Gesicht. Er musste unbedingt mit den Ärzten reden, und nachhaken, ob es noch notwendig war, eine solche Brühe zu trinken. *Als ob mein Körper keine anderen Probleme als Koffein hätte.* Mitheimer nahm am Kopf des Tisches Platz und dachte an die Tage nach seiner Tumor-OP. Die Zeit, in der es ungewiss gewesen war, ob er sich je ganz davon erholen würde. Heute, zwei Jahre später, arbeitete er wieder und schien fast der Alte. Abgesehen von der unterschwelligen Angst vor den Ergebnissen der Nachsorgeuntersuchungen, die ihn jedes Mal auf Neue überfiel, fühlte er sich gut. *Scheiß drauf,* dachte er entschlossen. *Schließlich kann mich auch morgen ein Bus überfahren.* Er stand auf, ging zurück zum Automaten, zog einen Kaffee und ließ ein genüssliches

»Ah«, ertönen, als der erste Schluck seine Kehle herunterrann. »Möglicherweise bilde ich mir das nur ein, aber es ist doch etwas ganz anderes, wenn Koffein drin ist.«

»Wie bitte?«, rief Lutz Schwanke aus dem Büro neben dem Kaffeeautomaten.

»Ach nichts«, erwiderte Mitheimer und ging zurück in den Besprechungsraum.

»Hallo, Boss«, begrüßte Çetin ihn beim Eintreten. »Frau Piotrowski ist total durch den Wind. Wir haben sie bei ihrer Schwester abgesetzt, dort bleibt sie, bis die Spurensicherung fertig ist. Vielleicht auch noch länger, denn sie hat ein echtes Problem damit, in ihr Schlafzimmer zu gehen. Eine Karte vom Polizeipsychologen hat sie, falls Sie das fragen wollten.«

»Kann man von einem Einbruch ausgehen? Fehlen Wertgegenstände in ihrem Haus, oder haben wir es mit etwas anderem zu tun?«

»Schwer zu sagen«, erklärte Hardy. »So durcheinander, wie sie im Moment ist, ist ihr nur aufgefallen, dass im Schuppen herumgewühlt wurde und einige Decken fehlen. Es gibt natürlich Fingerabdrücke, an denen die Spurensicherung dran ist. Allerdings werden die meisten von Besuchern oder Frau Piotrowski selbst sein. Mal abwarten, vielleicht finden sie etwas Verwertbares. Und die Nachbarn sind in Urlaub, also werden sie wohl nichts gesehen haben.«

»Susanne Dettmann jedenfalls ist an den Folgen eines anaphylaktischen Schocks gestorben. Somit handelt es sich um einen natürlichen Tod«, rief Hannah, als sie durch die Tür trat. »Und jetzt haltet euch fest. Derjenige, der sie zunächst gewürgt hat, und dafür sprechen die eindeutigen Spuren an ihrem Hals, hat später versucht, sie wiederzubeleben!«

»Das heißt im Klartext, dass hier kein Tötungsdelikt vorliegt?«, hakte Hardy nach.

»Zumindest ist die Todesursache eine natürliche. Was keineswegs bedeutet, dass sie nicht indirekt mit dem Angriff auf ihre Person in Zusammenhang stehen kann.«

Çetin überlegte einen Augenblick. »Aber wir kennen mit ziemlicher Sicherheit den Ort, an dem die Sache passiert ist. Es gibt zwei Abdruckstellen und einen Fleck auf dem Teppich im Schlafzimmer von Lydia Piotrowski. Dazu die fehlenden Decken aus dem Schuppen, am Tatort wurden drei sichergestellt, das passt zusammen. Ich denke, dass jemand in ihrem Haus war, als Susanne Dettmann dort zum Blumengießen eintraf. Ob er nur die Bude ausräumen wollte oder etwas anderes plante, sei dahingestellt. Überrascht von der Situation geht er ihr an die Gurgel, besinnt sich eines Besseren und lässt von ihr ab, bevor es zu spät ist.«

Hannah nickte. »Klingt plausibel.«

»Aber der Vandalismus im Schlafzimmer?«, warf Hardy ein. »Wie passt das in dein Bild?«

»Das ist der Grund, warum ich denke, dass es sich eben nicht um einen normalen Einbruch gehandelt haben kann. Frau Piotrowski konnte uns allerdings niemanden nennen, der so schlecht auf sie zu sprechen wäre, dass er ihr so etwas antun würde.«

»Was, wenn der Täter nicht wusste, dass sie im Urlaub ist und in ihrem Schlafzimmer über sie herfallen wollte? Er flippt aus, als er merkt, dass sie weg ist, und dreht durch. Dabei kommt ihm Susanne Dettmann in die Quere«, warf Mitheimer seine Theorie in den Raum.

»Kein undenkbarer Ansatz, Chef«, antwortete Hannah und knetete ihre Finger. »Mein Bauchgefühl, und ich weiß, ihr lacht deswegen heimlich über mich, sagt mir, dass wir mit unseren Vermutungen relativ nah dran sind. Dennoch möchte ich einräumen, dass es sich, den rechtsmedizinischen Erkenntnissen zufolge, lediglich um Körperverletzung handelt. Gestorben ist Frau Dettmann einen natürlichen Tod. Damit gehört dieser Fall eigentlich nicht in unseren Ermittlungsbereich, oder? Boss?«

»Den festgelegten Arbeitsverteilungen zufolge haben Sie absolut recht. Ich rede aber mit den Kollegen und bitte darum, den Fall uns zu überlassen. Zumindest, bis eindeutig geklärt ist, was genau vorgefallen ist. Sie werden keine Einwände haben. Soweit ich weiß, sind die Beamten vom Einbruch im Moment sowieso sehr beschäftigt.«

»Stimmt«, bestätigte Çetin seinem Vorgesetzten. »Die sind schwer am Fluchen.«

»Na dann spricht nichts gegen Hilfe von unserer Seite. Der Kerl, ich gehe jedenfalls von einem Mann aus, hat sie in den Wald geschleppt und keine Meldung über den Vorfall gemacht. Also hat er Dreck am Stecken, und ich gedenke ihn zu schnappen. Schreiben wir einstweilen die erforderlichen Berichte und warten ab, ob sich weitere Details herausfinden lassen.«

»Ich telefoniere morgen noch mal mit der Rechtsmedizinerin, mal sehen, ob dann bereits feststeht, welche Allergie den anaphylaktischen Schock bei Susanne Dettmann ausgelöst hat.«

»In Ordnung.« Mitheimer nickte zufrieden. »Wusste Frau Doktor Listner schon etwas zu Ihrem Fall und ob die Haare von Ihrer Freundin Emma stammten?«

»Nein, aber sie hat versprochen auf die Tube zu drücken.«

»Sehr gut, dann verabschiede ich diejenigen von Ihnen, deren Schicht zu Ende ist. Nur noch ein Wort mit Herrn Hartmann zu einem anderen, alten Fall, wenn das in Ordnung ist«, er sah fragend in Hardys Richtung.

»Klar, Boss. Wartest du im Büro auf mich, Hannah?«

Sie nickte, stand auf und beschloss, die günstige Gelegenheit zu nutzen, um endlich mit Cornelius zu telefonieren.

»Ach eins noch, Kollegin. Könnte es sein, dass der Paketbote, der dir die Urne gebracht hat, zugleich der Täter ist? Das wollte ich dich schon die ganze Zeit fragen?«

»Du glaubst, er hat mir die Urne selbst überbracht? Verkleidet als Kurier?«

»Ja. Wenn du überlegst, wie dreist er sich auch in anderen Dingen verhalten hat, halte ich das für möglich.«

»Was meinst du damit genau?«

»Das Handy in dein Auto zu legen und zu riskieren, dabei beobachtet zu werden, finde ich äußerst gewagt.«

»Du hast recht«, erwiderte Hannah. »Auf dem Parkplatz ist auch zu fast jeder Uhrzeit Betrieb. Aber das ist trotzdem etwas ganz anderes, als mir gegenüberzutreten und das Paket persönlich auszuhändigen.«

»Sicher. Denk einfach mal darüber nach, ob es so gewesen sein könnte.«

»Mach ich«, erwiderte Hannah und verließ den Raum, um endlich mit Cornelius zu telefonieren.

Das Telefongespräch mit Cornelius war nach Hannahs Empfinden sonderbar verlaufen. Nachdem sie sich zunächst nach dessen Vater erkundigt hatte und die Auskunft erhielt, dass jeden Tag mit seinem Ableben zu rechnen sei, fand die Kommissarin tröstende Worte für ihren Lebensgefährten. Aus seinen Antworten war die Dankbarkeit darüber deutlich zu hören gewesen. Als Cornelius fragte, ob bei ihr alles in Ordnung sei, druckste sie herum. »Eigentlich geht es mir gut. Habt ihr es auch so heiß?«, sagte sie in der Absicht, das Thema zu wechseln.

»Was heißt eigentlich?«, erkundigte er sich, ohne auf die Frage zum Wetter zu antworten.

»Mein Arm ist gebrochen. Zum Glück nur der Linke, es hätte also schlimmer kommen können.«

»Wie ist das passiert?«

Zunächst überlegte Hannah, ob sie ihm eine erfundene Geschichte von einem Dienstunfall auftischen sollte. Schließlich barg die Wahrheit die Gefahr, dass er sich augenblicklich auf den Weg zu ihr machen würde.

»Ich wollte es dir erst sagen, wenn du wieder hier bist. Ich möchte nämlich, dass du bei deinem Vater bleibst.«

»Erzähl es mir einfach, okay?«, gab er knapp zurück.

Hannah berichtete von den beiden Zwischenfällen, während Cornelius zuhörte, ohne sie ein einziges Mal zu unterbrechen.

»Heilige Scheiße«, rief er, als sie geendet hatte. »Ich sollte dir den Hintern versohlen, weil du mir erst jetzt davon erzählst. Aber ich weiß, warum du geschwiegen hast. Mein Vater merkt nicht, wenn ich ein paar Stunden fort bin. Ich kann wenig tun, sitze bei ihm und hoffe darauf, dass er bald ein gnädiges Ende findet. Natürlich wäre ich sofort zu dir gekommen.«

»Aber bei mir könntest du auch nichts an der Situation ändern.«

»Manchmal hilft ja bereits die Anwesenheit des Partners. Darum geht es in einer Beziehung, stimmst du mir in der Hinsicht zu?«

»Darüber würde ich gerne noch einmal mit dir sprechen, wenn wir beide den Kopf wieder frei haben. Ich finde es im Moment schwierig. Deshalb schlage ich vor, du bleibst bei deinem Vater und ich rufe dich an, sobald ich etwas Neues weiß, okay?«

Cornelius stimmte zu, klang jedoch gekränkt. Sie wusste nicht genau, wie sie seine Reaktion einordnen sollte.

Hat er etwas falsch verstanden und glaubt jetzt, dass ich die Trennung will? Sie ließ das Telefongespräch in Gedanken noch einmal Revue passieren. *Ich könnte mich wirklich missverständlich ausgedrückt haben. Ein klärendes Gespräch über unsere Beziehung ist jedenfalls dringend notwendig.*

Später saß sie in nachdenklicher Stimmung mit Hardy vor dem Fernseher, so lange, bis sie glaubte, sich ins Bett verabschieden zu können.

»Ich hau mich hin«, sagte sie und imitierte ein Gähnen.

»Hör damit auf, zu sehr zu grübeln. Ihr bekommt das irgendwie hin.«

»Woher weißt du schon wieder, woran ich denke?«

»Intuition.« Er zwinkerte. »Gute Nacht.«

Sie konnte ihrem Kollegen einfach nichts vormachen.

In der überfüllten Trauerhalle herrschten angenehme Temperaturen. Der Sommer schien sich für ein paar Tage verabschiedet zu haben. Hannah und Hardy saßen in einer der letzten Reihen und beobachteten die anwesenden Trauergäste. Niemand erschien ihnen auf den ersten Blick auffällig. Nach der Ansprache des freien Redners reihten sich die Kommissare in die Schlange der Menschen ein, die den Sargträgern folgten.

An der Grabstelle stand neben Susannes Mutter und deren Lebensgefährten Lydia Piotrowski. Sie schien sehr vertraut mit den beiden und griff oft nach der Hand von Frau Dettmann. Nachdem der Redner verabschiedende Worte für die Verstorbene ausgesprochen und der Familie kondoliert hatte, fragte die Kommissarin flüsternd: »Ich vermute mal, dass wir umsonst hier waren, oder?«

»Sieht so aus. Zumindest scheint der Täter sich im Griff zu haben, wenn er unter den Umstehenden ist. Lass uns abhauen, ich fürchte, wir können in diesem Fall wenig für Frau Dettmann tun.«

»Leider. Eine Nussallergie und nur Mutmaßungen unserseits, was im Vorfeld gelaufen ist. Es schreit zum Himmel, aber es ist eben genau so.«

Am vorangegangenen Abend hatte die Kommissarin einen Anruf von Frau Dr. Listner erhalten. »Ich hatte recht, sie war hochallergisch auf Nüsse. Kriegen Sie heraus, wer ihr die verabreicht hat.«

Die Kommissare verließen die Grabstelle einige Minuten zu früh. Sie sahen weder, wie Charlotte Dettmann sich schluchzend aus dem Arm des Lebensgefährten befreite, »Ich kann das nicht« rief und davonlief, noch den jungen Mann, der neben die bestürzte Lydia Piotrowski trat und sich als Ralf Beck vorstellte.

Lydia gefiel die angeregte Unterhaltung mit Ralf Beck, einem alten Schulfreund von Susi. Die Anekdoten aus der Schulzeit halfen ihr, den Schmerz des Verlustes und das Bestürzen über den Nervenzusammenbruch der Mutter beiseitezuschieben.

»Hoffentlich geht es ihrer Mutter bald wieder besser.«

»Die Ärzte in der Klinik haben sie sicher ruhiggestellt und sie schläft jetzt«, mutmaßte Ralf. »Mach dir keine allzu großen Sorgen, sie schafft das.«

»Ich mag mir überhaupt nicht vorstellen, wie sie leidet. Die einzige Tochter zu verlieren, muss die Hölle sein.«

»Wir haben alle schon geliebte Menschen verloren, aber du hast natürlich recht, für Frau Dettmann ist es sicher furchtbar. Sollen wir nach draußen gehen und ein Stück spazieren? Das bringt dich auf andere Gedanken.«

»Ehrlich gesagt würde ich gerne von hier verschwinden. Ich kann mich mit solchen Veranstaltungen wie einem Leichenschmaus einfach nicht anfreunden. Zumindest ab dem Zeitpunkt, wenn wieder gelacht wird, und ein paar Anwesende die Gelegenheit nutzen, um zu tief ins Glas zu schauen. Dass Susis Stiefpapa überhaupt in der Lage ist, die Sache hier durchzuziehen.«

»Was bleibt ihm übrig? Einige Freunde und Verwandte sind von weit her gekommen, das kann er sie kaum einfach wieder fortschicken.«

»Könnte er unter diesen Umständen durchaus. Aber vermutlich hast du auch irgendwie recht. Wenn du Lust hast, können wir noch einen Spaziergang durch den Ostpark machen?«

»Prima Idee«, antwortete er mit strahlenden Augen.

»Okay, dann verabschiede ich mich rasch von Herrn Lenze, bevor wir abhauen.«

Hartmut Euler alias Ralf Beck schlug sich im Geiste auf die Schulter. Die Sache lief ausgesprochen gut an.

Als Lydia zu ihm zurückkam und mit einem Finger sachte seinen Rücken anstupste, seufzte er selig. *Vater hat rechtbehalten. Es gibt sie wirklich, die Eine, für die man alles tun würde.*

»Die Haarsträhne ist eindeutig Stefan Wagner
zuzuordnen«, sagte Hannah und sah Hardy erwartungsvoll
an. »Was meinst du?«

»Dass der Typ zwar krank in der Birne ist, aber bestimmt
nicht so doof, dir die Asche von Emma zu schicken und
quasi als Absender seine Haare hineinpackt, oder?«

»Das ist wahr. Trotzdem wird es etwas zu bedeuten haben,
dass sie dort drin lagen. Ich vermute, dass es ein Zeichen
dafür ist, dass es um Rache wegen der Sache auf der alten
Dienststelle geht.« Die Kommissarin dachte widerwillig
an ihren Ex-Kollegen, der ihre Dienstzeit in Hamburg zu
einer einzigen Qual hatte werden lassen. Als letzten
Ausweg hatte sie damals ihre Versetzung beantragt.

»Du wirst dich mit den Kollegen in Hamburg in
Verbindung setzen müssen, Hannah«, sagte Hardy und
holte sie aus ihren Gedanken zurück. »Die sollen diesen
Wagner befragen. Vielleicht hat er eine Ahnung, wer
dahinterstecken könnte.«

»Ja, das werde ich. Allerdings geht es mir schon bei dem
Gedanken daran echt mies.«

»Verständlich«, erwiderte er mitfühlend. »Aber sieh es
mal so, du bist für das, was du getan hast, zur
Rechenschaft gezogen worden. Zeiger also zurück auf

null, da ist nichts mehr, was es zu verbergen gibt oder wofür du dich schämen müsstest. Dieser Wagner ist doch ohnehin aus dem Polizeidienst ausgeschieden.«

Hannah nickte. »Meine Eltern haben erzählt, dass er als Wachmann angefangen hat, nachdem man ihn zum Innendienst beim Einbruchdezernat strafversetzt hat.«

»Na also, du siehst, die Zeiten in Hamburg haben sich auch geändert.«

»Eben. Wenn die Polizei ihn jetzt zu dieser Sache befragt, in die ich verwickelt bin, geht der Zirkus eventuell von vorne los.«

»Unsinn. Wagner ist kaum so dumm, es darauf ankommen zu lassen. Ich schätze, die meisten der Kollegen sind sowieso nicht gut auf ihn zu sprechen. Du sagst ja selbst, er hat sich oft wie das große A benommen. Deshalb werden sie ihm klarmachen, dass er die Füße stillzuhalten hat und ihn im Auge behalten. Statt dir darüber Sorgen zu machen, sollten wir überlegen, wer so eng zu Wagner steht, dass er als Täter infrage kommt.«

Die Kommissarin blickte nachdenklich aus dem Fenster und zuckte die Schultern. »Ich weiß es nicht. Sein Privatleben war nie von Interesse für mich. Vielleicht hat er auch jemanden beauftragt, um mir das anzutun, das traue ich diesem Mistkerl zu.«

»Der Täter, und ich bin sicher, dass beide Ereignisse auf sein Konto gehen, muss ausgezeichnete Kenntnisse in

Sachen Sprengstoff besitzen. Das BKA ist noch zu keinem endgültigen Ergebnis gekommenen, sie vermuten jedoch, dass Plastiksprengstoff benutzt wurde.«

»Ich hab den Bericht gestern gelesen und fasse es kaum, dass ich drauf reingefallen bin und die Sache funktioniert hat. Ich meine, so viel Sprengkraft aus der Umhüllung des Telefons?«

»Nein. Höchstwahrscheinlich war auch das Innenleben, bis auf einige notwendige elektronische Kleinteile und einer Knopfzelle für die Stromversorgung, mit Sprengstoff gefüllt. Nach den technischen Details darfst du mich allerdings nicht fragen. Der Countdown und die Anrufsignale sind per Fernbedienung gestartet worden.«

»Das bedeutet, der Täter hat sich in der Nähe aufgehalten?«

»Das mit ziemlicher Gewissheit. Kam dir jemand am Unfallort verdächtig vor?«

Hannah schüttelte den Kopf. »Bis auf den Kerl im dunklen SUV, der mich gerammt hat und den niemand außer mir gesehen hat, nein.«

»Denk weiter darüber nach, auch über den Paketboten, und ruf in Hamburg an. Ich wette, es wird nur halb so schlimm, wie du es dir ausmalst.«

»Alles klar, Hardy, mache ich.«

»Gut. Ich muss rüber zum Boss.«

»Okay, viel Glück und danke für deine Hilfe.«

»Immer wieder gern«, er zwinkerte ihr aufmunternd zu und ging zur Tür.

Obwohl Ralf überhaupt nicht ihr Typ war, genoss Lydia seine unbeschwerte und humorvolle Art, die sie leichter durch die betrübten Tage nach Susi Tod brachte. Am Abend nach der Trauerfeier unternahmen sie einen ausgedehnten Spaziergang. Während der Unterhaltung wählten beide ungezwungene Gesprächsthemen, um das Thema Tod und Trauer zu vermeiden. Für heute Nachmittag hatte sie ihn zu sich nach Hause eingeladen. Lydia fand es wichtig, zu versuchen, ihre Wohnung wieder als ihr Refugium anzusehen und nicht ständig hinter jeder Ecke eine Gefahr zu wittern. Sie liebte ihre Schwester und war dankbar, dass sie in den ersten Tagen bei ihr untergekommen war. Doch sie merkte schnell, dass ihre Anwesenheit die familiären Abläufe störte, auch wenn alle beteuerten, dass sie sich freuten, Lydia helfen zu können.

Nein, mein Zuhause ist hier und ich muss mit der Situation klarkommen. Vielleicht weiß Ralf, was ich tun kann, um nicht bei jedem Geräusch in Panik zu geraten. Ihn scheint kaum etwas aus der Bahn zu werfen.

Sie ging auf die Terrasse und deckte den Tisch ein, als es klingelte. Sie blickte auf ihre Armbanduhr. Noch mehr als dreißig Minuten bis zur verabredeten Zeit. Seufzend rückte sie die Teller zurecht und lief zum Türöffner.

»Hallo?«

»Hi Lydia, ich bin es.«

»Du bist viel zu früh«, antwortete sie mit dezentem Unmut in der Stimme.

»Ich weiß, aber ich konnte es einfach nicht mehr abwarten dich zu sehen und dachte, dass ich dir vielleicht bei irgendetwas helfen kann, wenn ich eher da bin. Lässt du mich rein?«

»Natürlich«, antwortete sie, drückte auf den Knopf und registrierte, dass ein leises Gefühl des Unbehagens in ihr aufstieg.

Ich muss aufpassen, dass er nicht mehr in unsere Beziehung hineininterpretiert. Das muss ich unbedingt sofort klarstellen, nahm sie sich in Gedanken vor und ging ihm entgegen.

Er lief rasch auf sie zu und zog sie in seine Arme. Lydia trat einen Schritt zurück und schaute ihn mit kalter Miene an. »Entschuldige, Ralf, du sollst das bitte nicht tun.«

Erschrocken riss er die Augen auf. »Was meinst du?«

»Wir sind Freunde und ich mag dich gern. Aber die Umarmung eben war mir eindeutig zu leidenschaftlich. Falls du Hoffnungen in diese Richtung hast, muss ich das sofort richtigstellen. Ich bin nicht an einer Beziehung mit dir interessiert.«

Er schluckte und nickte mechanisch. »Verstehe. Keine Angst, ich bin nur ein Freund. Falls ich zu stürmisch war, lag es daran, dass ich mich so sehr auf dich gefreut habe. Entschuldigung akzeptiert?«

Lydia antwortete nicht sofort. Das kleine Warnlicht in ihrem Kopf leuchtete ein weiteres Mal auf.

Ach was, schimpfte sie in Gedanken, *der arme Kerl sucht nur Anschluss. Er hat dir doch erzählt, wie schüchtern und kontaktscheu er ist.* Die Umarmung hatte allerdings ganz anders gewirkt. Sie wischte ihre Bedenken beiseite, nickte lächelnd und bat ihn hinein.

03. JULI 2016, POLIZEIPRÄSIDIUM RÜSSELSHEIM

Hardy saß mit seinem Chef Josef Mitheimer in dessen Büro. Das Telefon klingelte.

»Was gibt's?« Er schüttelte den Kopf. »Nein, Frau Bindhoffer hat heute frei. Wer will das wissen?« Er hörte angestrengt zu. »Und dieser Herr meint, dass kein anderer aus unserer Truppe sein Anliegen bearbeiten kann? Was soll der Blödsinn, schicken Sie ihn mir nach oben.« Mitheimer schnaubte und legte den Hörer auf.

»Was ist los?«, erkundigte sich Hardy.

»Unten an der Anmeldung steht ein Kerl, der erklärt, dass er etwas zu melden habe. Allerdings könne er das nur mit Frau Bindhoffer besprechen.«

Der Kommissar zog erstaunt die Augenbrauen zusammen.

»Glauben Sie, dass er heraufkommt?«

Sein Chef zuckte die Schultern.

»Oh Scheiße«, Hardy sprang auf. »Vielleicht ist das der Kerl, der …« Er verschluckte den Rest des Satzes und lief die Treppen nach unten.

Am Glaskasten, der die Anmeldung der Polizeistation beherbergte, fragte er außer Atem: »Wo ist der Typ, der unbedingt mit Frau Bindhoffer sprechen wollte?«

»Er hat gesagt, dass er morgen wiederkommt und ist gegangen.«

Der Kommissar rannte den Weg zum Tor hinunter, öffnete es, trat auf den Parkplatz und konnte niemanden entdecken. Der Mann musste mit dem Wagen gekommen und blitzschnell vom Präsidium weggefahren sein. Missmutig ging Hardy zurück zum diensthabenden Beamten der Anmeldung. »Wie sah er aus? Irgendetwas Auffälliges?«

»Nein, zumindest ist mir nichts ins Auge gefallen. Mittelgroß, dunkle Haare, Baseballkappe und Sonnenbrille. Er trug Jeans und ein gelbes T-Shirt. Wenn Sie möchten, kann ich ihn für Sie auf den Bildschirm holen.«

Hardy ging in den Anmeldebereich und sah sich die Aufnahme der Überwachungskamera an. Er hatte den Kerl noch nie gesehen. »Sind Sie so nett und ziehen mir die Sequenz auf einen Stick? Ich würde das gerne der Kollegin Bindhoffer zeigen.«

»Nichts lieber als das. Irgendwie kam er mir schon ein wenig seltsam vor. Hab ich was falsch gemacht?«, erkundigte er sich schüchtern.

»Nein. Wieso?«

»Na ja, vielleicht hätte ich ihn am Gehen hindern müssen?«

»Quatsch. Wir wissen ja gar nicht, ob mit ihm etwas faul ist. Seien Sie also unbesorgt.«

Erleichtert gab der Beamte ihm die gewünschte Sequenz des Bandes auf einem USB-Stick.

Einige Minuten später betrat Hardy erneut das Büro von Herrn Mitheimer.

»Und?«

»Der Typ war bereits auf und davon. Aber ich habe die Aufnahme der Überwachungskamera für Hannah.« Er hielt den Stick in die Höhe.

»Ausgezeichnet. Hoffentlich kennt sie ihn und wir machen uns umsonst Sorgen.«

»Ja, das wäre gut. Ich rufe sie gleich an. Das wird sie mit Sicherheit schnellstens sehen wollen.«

Mitheimer nickte. »Das vermute ich auch.«

Hardy drückte die Kurzwahltaste für Hannahs Nummer und hatte sie fast sofort in der Leitung. Rasch erklärte er ihr, was sich ereignet hatte, lauschte einen Augenblick und beendete das Gespräch mit den Worten: »Dachte ich mir, bis gleich.«

Kurze Zeit später betrat Hannah das Büro. »Zeig es mir«, rief sie, ohne die beiden Kollegen zu begrüßen. »Ich will den Kerl mit eigenen Augen sehen.«

Der Kuchen kam Lydia trocken vor. Heute Vormittag, als sie ihn aus dem Backofen genommen und ein Stück des abgebrochenen Randes probiert hatte, schien er noch saftig und gelungen zu sein. Auch die Unterhaltung mit Ralf war im Vergleich zum letzten Treffen anders, stockend. Die leidenschaftliche Umarmung und ihre Reaktion darauf, die ihr im Nachhinein zu harsch vorkam, wirkten wie Gift auf das Treffen. Ständig überlegte sie, wie sie ihre heftigen Worte abschwächen konnte, ohne dabei von ihrem Standpunkt abzuweichen.

»Du siehst heute nachdenklich aus«, stellte er fest und fixierte sie. »Ist es wegen vorhin?«

Sie nickte errötend. »Ja. Ich komme mir schäbig vor, dich so angemacht zu haben. Die Umarmung sollte sicher nur eine aufmunternde Geste sein, und ich bin gleich so hochgegangen.«

»Stell dir vor, irgendwie beruhigt mich deine Reaktion darauf sogar ein wenig.«

Lydia runzelte die Stirn. »Wie meinst du das?«

»Es zeigt mir, dass du vorsichtig bist, mit wem du dich einlässt. Das ist doch erfreulich. Gerade jetzt, wo wir nicht wissen, wer in deinem Haus war und was er wollte.«

Sie schlug die Hände vors Gesicht und begann leise zu weinen. Ralf berührte sacht ihre Schulter. »Entschuldige, ich hab dich wieder daran erinnert. Ich bin ein Esel.«

Sie wich seiner Berührung aus und schnäuzte sich die Nase. »Ist schon gut. Können wir das Thema wechseln?«

Er nickte und lächelte verlegen. »Soll ich dir eine Geschichte erzählen?«

»Wie bitte?«

»Mein Vater hat sie erfunden und mir oft erzählt, wenn ich Trost brauchte. Sie handelt von der großen Liebe!«

Schmeiß den Kerl raus, hallte es in ihrem Kopf.

Er rückte ein Stück näher an sie heran. Lydia stand auf, verschränkte die Arme vor der Brust und zischte: »Ich dachte, wir hätten uns vorhin verstanden. Ich denke, du gehst jetzt besser.«

Ralf vergrub sein Gesicht in den Händen und begann hemmungslos zu schluchzen.

Sie blieb stehen, starrte ihn fassungslos an und schwieg. Erst als er einige Minuten später noch immer laut weinte, trat sie zu ihm. »He, entschuldige. Aber du missverstehst da offensichtlich etwas. Ich brauche einen Freund, keinen Liebhaber.«

Mit verweinten Augen sah er zu ihr auf. »Doch, ich habe es kapiert, aber es ist sehr schwer für mich, das zu akzeptieren. Ich habe einfach das Gefühl, dass wir füreinander geschaffen sind.««

Lydia hob die Arme in die Luft. »Leider empfinde ich nicht wie du. Kannst du das akzeptieren und mein Freund sein?«

»Ich werde es versuchen«, gab er resigniert zurück und stand auf. »Ich gehe besser und melde mich morgen wieder, okay?«

Gemächlichen Schrittes lief er durchs Wohnzimmer zur Terrassentür. Lydia schluckte schwer. Als sie sich mit Ralf verabredet hatte, war sie davon ausgegangen, dass er mindestens bis zum Abend hierbleiben würde. Einige gemeinsame Gläser Wein, dachte sie, würden es ihr leichter machen, die Situation zu ertragen und ihr ermöglichen, Schlaf zu finden. Nun war sie gezwungen, den kompletten Rest des Tages ohne Gesellschaft auszukommen. Sich erneut bei ihrer Schwester einzuquartieren schien keine Option.

»Bitte warte«, rief Lydia ihm hinterher. »Willst du nicht trotzdem zum Essen bleiben? Ich kann das unmöglich alles allein aufessen und ehrlich gesagt täte mir Gesellschaft gut.«

Er blinkte sie einen Moment nachdenklich an, dann lächelte er. »Na gut, weil du es bist und ich wirklich fast am Verhungern bin. Aber danach verschwinde ich, einverstanden?«

»In Ordnung«, entgegnete sie erleichtert. »Setz dich bitte, ich gehe rasch in die Küche.«

Er schaute Lydia nach, als sie in die Küche lief. In seinem Inneren brodelte es, doch er beschloss, sich nichts anmerken zu lassen.

Hannah schüttelte enttäuscht den Kopf. »Den hab ich noch nie im Leben gesehen.«

»Schau genau hin, schließlich kann die Sonnenbrille dich irritieren«, entgegnete Hardy sanft.

»Da könnte ich eine Ewigkeit drauf glotzen. Ich schwöre es dir, dieser Mann ist mir nie begegnet.«

»Schade, wäre auch zu einfach gewesen. Hast du wegen der Haarsträhne schon mit Hamburg telefoniert?«

Die Kommissarin nickte. »Sicher. Ein Beamter hat meinen Ex-Kollegen Stefan Wagner deswegen befragt. Und jetzt rate, was er geantwortet hat?«

»Er hat nichts mit der Sache zu tun und keine Ahnung, wie sein Haar in das Paket gelangt ist?«

»Das waren ziemlich exakt die Worte, die er benutzt hat. Auf die Frage, ob ihm jemand einfällt, der ihn und mich gleichzeitig fertigmachen will, fiel ihm auch niemand ein. Allerdings sagte mir der Kollege, dass er bei dieser Auskunft eine feuerrote Birne hatte.«

»Dann hat er zumindest einen Verdacht, wer dahinterstecken könnte?«

»Sieht so aus. Und ich vermute, dass es ihm unangenehm ist, den Namen der Person preiszugeben. Nur die Götter wissen, in was er da wieder verstrickt ist. Ich hoffe jetzt einfach, dass dieser Kerl auf dem Video weiß«, sie deutete auf den Monitor, auf dem der Film der Überwachungskamera stillstand, »dass es hier Kameras gibt, die ihn gefilmt haben. Er wird in dem Fall kaum so dumm sein und nochmal herkommen.«

»Wäre aber die beste Option«, gab Hardy zu bedenken. »Denn dann hätten wir ihn. Immer vorausgesetzt, dass er überhaupt etwas mit der Sache zu tun hat.«

»Weshalb sollte er sonst so verkleidet herkommen und vehement fordern, mit mir zu sprechen?«

»Ein heimlicher Verehrer?«

Hannah winkte ab. »Dann müsste ich ihn schon mal gesehen haben, oder?«

»Wieso? Könnte doch sein, dass er dein Bild in der Zeitung entdeckt und sich unsterblich verliebt hat.«

»Jetzt hör auf, Kollege«, sie lachte. »Ihr Männer kommt wirklich auf die seltsamsten Gedanken. Das letzte Foto von mir ist auf der Versammlung für die Besprechung zum Hessentag aufgenommen worden. Ich schaue auf den neuen Beamer und man erkennt nicht einmal mein Gesicht.«

»Die geheimnisvolle Kommissarin.« Er grinste.

Hannah tippte mit dem Zeigefinger an ihre Stirn. »Du bist echt ein Eierkopf. Wann hörst du auf, mich ständig zu veralbern?«

»Überhaupt nicht«, erklärte er strahlend. »Ich weiß schließlich, dass du genau das an mir schätzt.«

»Eins zu null, Kollege«, erwiderte sie amüsiert. »Aber jetzt ab mit dir, zurück an den alten Fall. Ich glaube, der Chef brennt darauf, dich wieder an seiner Seite zu haben. Ich fahre nachhause und rufe noch einmal in der Dienststelle in Hamburg an.«

»Wieso?«

»Erstens gab es dort eine Meldung aus einem der städtischen Krematorien, dem die Kollegen nachgehen wollten. Irgendein Vorfall am Verbrennungsofen. Das könnte mit der Urne im Zusammenhang stehen. Und zweitens sollten sie erfahren, dass der Täter, den Wagner im Hinterkopf hat, vermutlich ein Mann ist.«

»Davon gehen die doch sowieso aus.«

»Wie kommst du darauf?«, erkundigte Hannah sich überrascht.

»Keine Ahnung. Wahrscheinlich, weil ich von Anfang an einen Kerl vor Augen hatte. Wieso denkst du, dass die Kollegen aus Hamburg auf eine Frau tippen?«

»Wer Wagner besser kennt, vermutet hinter seinem Erröten immer eine weibliche Person.«

Unter der neu gekauften Bettdecke, die für die momentane Witterung zu dick war, fuhr Lydia erschrocken aus dem Schlaf. Sie tastete zur Seite und fand den Platz neben sich leer. Erleichtert atmete sie aus. Sie war allein. Mit dem Gefühl einer Stricknadel im Kopf, die immer wieder gnadenlos in die Oberfläche ihres Gehirns stach, stöhnte sie laut auf. Vorsichtig hob sie den Oberkörper, drehte die Beine aus dem Bett und wankte aus dem Schlafzimmer. *Wie viel Wein haben wir getrunken? Es können unmöglich mehr als zwei Flaschen gewesen sein. Aber es fühlt sich an, als hätten wir ein Fass geleert,* dachte sie und fasste an ihren schmerzenden Kopf. Aus dem Wohnzimmer hörte sie ein vernehmliches Schnarchen und zuckte erschrocken zusammen. Sie stemmte sich aus dem Bett hoch, tapste hinüber und entdeckte Ralf. Er lag mit zufriedenem Gesichtsausdruck auf dem Sofa und aus seinem Mund rann ein Speichelfaden auf ihr Kissen. Angeekelt stupste sie ihn an. Er öffnete benommen die Augen, nahm sie wahr und schien sofort hellwach.

»Was ist, Prinzessin? Kannst du nicht schlafen? Sollen wir noch ein Runde kuscheln?«

Lydia lief es eiskalt den Rücken herunter. Was meinte er? Hatte sie so viel getrunken, dass sie Teile des Abends und der Nacht vergessen hatte?

»Was meinst du mit noch eine Runde?«, fragte sie irritiert. Sie fürchtete sich davor, zu hören, was sie argwöhnte.

»Du warst vorhin auf einmal ziemlich betrunken. Ich musste dich auffangen, als du nach dem Aufstehen das Gleichgewicht verloren hast. Ich habe dich ins Schlafzimmer getragen und hingelegt.« Sie atmete erleichtert aus, doch Ralf sprach weiter. »Dann meintest du, dass du in den Arm genommen werden möchtest. Aber auf einmal schien dir eine Umarmung zu wenig. Du hast ordentlich Gas gegeben, wenn ich das so direkt sagen darf.«

Lydia schüttelte den Kopf. Sie hatte keinerlei Erinnerung an diesen Moment. »Haben wir …«

Er nickte begeistert. »Ja, und nicht nur einmal. Ich bin nur hier auf die Couch, weil ich weiß, dass ich schnarche. Aber wenn du willst, komme ich gerne wieder mit rüber ins Schlafzimmer.«

»Nein«, antwortete sie lauter als beabsichtig. »Ich wollte nur zur Toilette. Schlaf einfach weiter«, bat sie etwas sanfter und rang um Fassung. *Nur schnell weg von ihm, ich muss meine Gedanken sortieren und versuchen, mich zu erinnern.*

Der Boden unter ihr schwankte, als sie zum Badezimmer lief. Lydia nahm auf dem Toilettendeckel Platz, schlug die Hände vors Gesicht und verfluchte sich selbst. *Wie konnte mir das passieren? Er denkt jetzt, dass ich in ihn verliebt bin.* Der herabtropfende Speichelfaden kam ihr wieder in den Sinn, als sie versuchte, Erinnerungen an den gestrigen Abend heraufzubeschwören. Panisch sprang sie von der Kloschüssel, riss den Deckel nach oben und schaffte es gerade noch in die Hocke, bevor sie sich heftig erbrach.

Hartmut hörte ihre Würgegeräusche deutlich aus dem Badezimmer. Er lächelte mitleidig. Vermutlich sollte er die Dosis der K.-o.-Tropfen ein wenig reduzieren. Eigentlich hatte er nicht geplant, sie einzusetzen. Dass sie noch in der Jackentasche des Blousons gesteckt hatten, war ein reiner Glücksfall gewesen. Als er gemerkt hatte, dass der Nachmittag mit Lydia anders verlief als erhofft, hatte er sich selbst zu dem Entschluss beglückwünscht, sie in der Jacke gelassen zu haben.

Da sie bereits bei seiner Ankunft auf stur geschaltet hatte und einfach nicht begreifen wollte, dass sie beide zusammengehörten, hatte er handeln müssen. Hinzu kam ihre unverhältnismäßige Reaktion, als er angeboten hatte, die Geschichte von der großen Liebe zu erzählen. Für ihn bedeutete das Angebot einen echten Vertrauensbeweis, denn er hatte sie bis jetzt nie jemandem erzählt. Doch sie war zickig geworden und hatte ihn nur nicht rausgeworfen, weil sie nicht hatte allein bleiben wollen. *Dumme Gans, du musst noch so viel lernen*, dachte er traurig. *Aber bestimmt hattest du auch keinen Papa, der dir beigebracht hat, dass es die eine Liebe im Leben gibt und woran man erkennt, dass man sie gefunden hat.*

Er drehte sich wohlig zum Fenster, als er hörte, dass Lydia aus dem Badezimmer kam. Die Anzahl der Tropfen schien zumindest keine größeren Probleme ausgelöst zu haben. Das Bild von ihrem Weinglas, in das er das Medikament gefüllt hatte, als sie in der Küche den Salat fürs Abendessen zubereitet hatte, trug ihn sanft in einen tiefen und befriedigenden Schlaf.

Hardy betrat das Büro.

Mitheimer sah seinen Mitarbeiter fragend an. »Was Neues?«

»Vielleicht, aber das hat Zeit. Hat Frau Bindhoffer den Mann erkannt?«

»Fehlanzeige. Sie hat ihn noch nie gesehen.«

»Also stammt der Kerl nicht aus ihrem persönlichen Umfeld. Weshalb hat er es dann auf sie abgesehen?«

Hardy zuckte die Schultern. »Mein Gefühl sagt mir, dass das alles irgendwie mit der Sache in Hamburg zusammenhängt. Wobei Stefan Wagner kaum so blöd wäre, seine Haare in ein Paket zu stecken, mit dem er Hannah Angst einflößen will.«

»Jemand rächt sich für den Ex-Kollegen?«, mutmaßte Mitheimer.

»Nicht zwingend, allerdings weiß der Täter von den Vorfällen damals, andernfalls würde die Asche von Emma keinen Sinn ergeben. Und mich interessiert brennend, wie derjenige sie überhaupt beschafft hat.«

Der Chef spitzte die Lippen und fuhr mit den Fingern in kreisenden Bewegungen darüber. »Berechtigte Frage, die wir im Augenblick nicht klären können. Aber nehmen wir einmal an, jemand ist auf Rache aus. Vielleicht, weil sein Leben ebenfalls von den damaligen Ereignissen beeinflusst worden ist.«

»Wie könnte das ausgesehen haben?«, fragte Hardy interessiert.

»Ich kann mir vorstellen, dass auch andere Kollegen von den unsittlichen Übergriffen auf die Polizeibeamtinnen gewusst haben. Nehmen wir weiter an, dass diese Mitwisser auf irgendeine Art und Weise davon profitierten, dass sie nichts gemeldet haben. Wagner muss, der Beschreibung des Vorgesetzten nach, äußerst cholerisch gewesen sein. Hatte ständig wechselnde Partner, bevor ihm Hannah zugeteilt wurde.«

»Sie meinen, jemand vom Revier erkaufte sich mit Schweigen, dass dieser Stefan Wagner ihn in Frieden ließ?«

»Möglicherweise.«

Hardy schüttelte erneut den Kopf. »Aber warum sollte er jetzt anfangen Rache zu nehmen? Hannahs Ex-Kollege ist raus aus dem Polizeidienst und damit herrscht ohnehin Ruhe vor ihm, oder?«

»Da haben Sie recht. Das ergibt keinen Sinn. Vielleicht, weil dadurch Spenden aus der Asservatenkammer ausfallen?«

»Dann müsste es sich nicht zwangsläufig um einen Polizisten handeln. Allerdings müssten die Angriffe auf

Hannah auch in diesem Fall schon viel früher begonnen haben.«

»Mir wäre es am liebsten, wenn ich Stefan Wagner einmal persönlich auf den Zahn fühlen könnte.«

»Oje, besser nicht«, erwiderte Hardy amüsiert. »In Ihren funkensprühenden Augen sehe ich die unbändige Wut auf den Kerl. Deshalb bin ich froh, dass Sie keine Gelegenheit dazu bekommen werden, ihn kennenzulernen.« Mitheimer klatschte in die Hände. »In Sachen Menschenkenntnis sind Sie ein absolutes Ass.«

»Das sagt Hannah auch immer. Leider meist nur bei Kollegen und im beruflichen Bereich.«

»Machen Sie, dass Sie in den Feierabend kommen. Bis die Sache mit Frau Bindhoffer geklärt ist, sind Sie vom alten Fall abgezogen. Ich mache allein weiter«, sagte Mitheimer.

»Super, Ihr Angebot kommt mir wie gerufen.«

»Lassen Sie Ihr Handy eingeschaltet. Ach ja, die Spurensicherung hat die Fingerabdrücke mit Familie und Bekannten abgeglichen. Wir haben einen Daumenabdruck, der zu keiner der Personen aus diesem Kreis passt. Leider ist er aber in der AFIS unauffindbar.«

»Was auch sonst? Das automatische Fingerabdruckidentifizierungssystem hat rund 2 800 000 Fingerabdruckblätter gespeichert, ausgerechnet der gesuchte Daumen ist natürlich nicht dabei«, knurrte er frustriert. »Besser, ich lasse das Handy aus, es kommen im Moment ohnehin nur Hiobsbotschaften herein.«

»Mir macht das auch keinen Spaß. Es ist eben so und vermutlich haben Sie bereits auf der Polizeischule gelernt, dass einem nichts in den Schoß fällt und Geduld zum absolut wichtigsten Bestandteil unserer Arbeit gehört.«

»Ich weiß, trotzdem zermürbt einen dieser Umstand ab und an ordentlich.«

»Wem sagen Sie das? Ich habe schon ein paar mehr Jahre auf dem Buckel. Ruhen Sie sich aus«, riet Mitheimer dem Kommissar. »Wir sehen uns morgen.«

Hannah genoss das heiße Duschwasser trotz des schwülwarmen Wetters. Unter der Dusche nutzte sie die Gelegenheit, sich zurechtzulegen, was sie dem Beamten auf ihrem ehemaligen Revier mitteilen wollte. Hannah wusste, dass dieser erstaunt darüber sein würde, dass es sich bei dem Verdacht, den Stefan Wagner offenbar hatte, vermutlich um einen Mann handelte. Das unangenehme Gefühl, den Kollegen in Hamburg erneut mit etwas zu behelligen, bei dem es um sie selbst ging, steckte wie ein Kloß in ihrem Hals. *Bestimmt halten die mich für völlig bekloppt. Ja, ja, jetzt kommt der angebliche Angreifer schon höchstpersönlich aufs Revier. Wahrscheinlich wollte er sich vor die Kollegin Bindhoffer stellen, die Hände an den Kopf legen und laut Buh rufen, um sie zu erschrecken,* hörte sie im Geiste die lästernden Worte.

»Sei nicht albern«, rief sie laut, um den Gedanken zu verscheuchen. Die meisten Polizisten auf der ehemaligen Dienststelle waren sehr nett. Weshalb also dachte sie, dass sie so reagieren würden?

Sie lief den Flur auf und ab. »Weil ich beginne paranoid zu werden. Und wenn man die Umstände betrachtet, muss man sich nicht darüber wundern. Was soll's, ran ans

Telefon, Frau Kommissarin«, feuerte sie sich an und griff zum Telefonhörer.

»Polizeikommissariat sechzehn, mein Name ist Holger Becker, was kann ich für Sie tun?«

»Hallo Holger, hier ist Hannah Bindhoffer. Schön, dass ich dich am Apparat habe. Ich muss dir eine zusätzliche Information zu der Sache mit Stefan Wagner geben. Hoffentlich gehe ich euch nicht zu sehr auf den Senkel.«

»Ich kann da nur für mich sprechen, aber ich finde es selbstverständlich, dass du versuchst, diesen Scheiß aufzuklären, den dir irgendwer angetan hat. Also schieß los.«

Die Kommissarin erzählte ihrem Ex-Kollegen von dem Vorfall auf der Polizeiwache in Rüsselsheim. »Mein Partner Jens Hartmann und auch der Chef vermuten, dass es sich bei dem Besucher, der ausschließlich mit mir verhandeln wollte, um denjenigen handelt, der für die Bombe und das Paket an mich verantwortlich ist. Weil jeder bei Wagner zuerst an Frauen denkt, wollte ich, dass ihr wisst, dass anscheinend ein Mann dahintersteckt. Du hast mit Wagner gesprochen, oder?«

»Genau. Er hat einen knallroten Kopf bekommen, als ich ihn fragte, ob er jemanden verdächtigt. Was ich ziemlich merkwürdig fand, da den Typen sonst nie etwas schockt. Schick mir das Bild rüber, vielleicht kennt irgendjemand hier den Kerl.«

»Das wollte ich sowieso. Ist deine Handynummer noch die alte? Dann würde ich es dir per WhatsApp rüberschicken.«

»Ja«, antwortete Holger Becker. »Ich war heute Vormittag übrigens bei dem Krematorium, das den Vorfall am Verbrennungsofen gemeldet hat. Merkwürdige Sache. Besonders, weil es jetzt erst aufgefallen ist. Ich muss etwas weiter ausholen, damit du die Zusammenhänge verstehst.«

»Ich bin ganz Ohr, schieß los.«

»Die Anlage gibt es schon lange in Ohlsdorf. Nach und nach haben die ihren Arbeitsbereich vergrößert. Feuerbestattungen kommen heutzutage weit häufiger vor als früher. Sie bauten an und kauften zwei neue Öfen. In den letzten Tagen erhielten sie so viele Aufträge, dass sie auch den alten Verbrennungsofen aus Gründertagen mit in Betrieb genommen haben. Und jetzt kommt es. Das Ding steht in einem Bereich der Firma, der kaum noch betreten wird. Deshalb haben die Arbeiter erst gestern Morgen entdeckt, dass das Schloss aufgebrochen war. Es fehlte überhaupt nix. Aufgefallen ist ihnen nur, dass der Schacht unterhalb komplett ausgefegt wurde. Kein Krümel übrig, das kennen die so nicht.«

Hannah schluckte schwer. »Das heißt, in der Urne befanden sich die Überreste von verschiedenen Leichnamen?«

»Falls der Einbruch etwas damit zu tun hat, ist vielleicht etwas von Emma dabei gewesen. Laut den Unterlagen ist sie in genau diesem Ofen verbrannt worden. Die Spurensicherung hat Abdrücke genommen, soweit das auf diesem Untergrund möglich war. Ich sage dir Bescheid, wenn ich mehr weiß.«

»Das ist lieb von dir, Holger. Ich schicke dir gleich das Foto. Grüß die anderen von mir und danke.«

»Es tut mir leid für dich, Hannah. Mach's gut.«

Erleichtert legte Hannah den Hörer auf. Die Kollegen aus Hamburg standen auf ihrer Seite, zumindest Holger. *Ich kann also meine Bedenken beiseite räumen,* dachte sie erfreut und ging zum Kühlschrank. Dort fischte sie mit dem gesunden Arm eine Flasche Frischmilch aus der Seitenlasche und setzte zum Trinken an. Eher beiläufig sah sie über den Rest des Kühlschrankinhaltes und ließ die Milchflasche mit einem Aufschrei zu Boden fallen.

Joachim Wilner schaute erstaunt von einer Akte auf, als seine Kollegin Ingrid Müller jubelnd aufsprang. »Hab ich dich an den Eiern, du Hund«, rief sie und joggte eine Runde um ihren Schreibtisch.

»Was ist denn mit dir los?«

»Eben sind die letzten Ergebnisse vom Tatort der Handybombe gekommen. Du weißt schon, die Sache mit der Kommissarin, wie hieß sie noch gleich?«

»Hannah Bindhoffer.«

»Genau, und jetzt halt mir bitte nicht mein mieses Namensgedächtnis vor, denn dieses geniale Gehirn«, sie deutete an ihre Schläfen, »benötigt alle Kapazitäten, um den bösen Buben auf die Spur zu kommen.«

»Mach es nicht ganz so spannend, Ingrid!«

Grinsend rieb sie ihre Handflächen aneinander. «Also gut. Listen carefully, my dear. In den Bodenproben, die die Kollegen von der Detonationsstelle genommen haben, waren winzige Partikel einer Substanz. Zunächst wusste niemand so recht etwas damit anzufangen. Sie vermuteten zuerst, dass es sich um normale Verschmutzungen des Erdreichs handelt. Allerdings bin ich stur geblieben, weil ich das Gefühl hatte, dass diese Spuren mit der Bauweise der Bombe zu tun haben müssen.«

»Und?«, Wilner trommelte mit den Fingern auf die Schreibtischplatte.

»Es sind Überreste von Latex Naturkautschuk. Verstehst du?«

»Nein, nicht wirklich.«

»Der Kerl hat mit dem Kautschuk einen Abdruck der Handyschalenrückseite gemacht und sie mit Semtex nachgeformt. Die Stromversorgung muss er mit einer Mikrobatterie oder Ähnlichem gemanagt haben.«

»Eine Reproduktion aus Plastiksprengstoff? Okay. Aber wie hat er das mit dem Display hinbekommen? Ich meine, wenn er das Telefon auf diese Weise nachgestellt hat, fällt das doch auf. Ich bezweifle, dass man die Funktionen und die Anzeige so gut nachstellen kann, dass niemand es merkt.«

»Versetz dich in die Situation der Kommissarin. Schaut man das Handy hundertprozentig genau an, wenn ein herunterlaufender Countdown läuft?«

»Vermutlich nicht, das stimmt.«

»Außerdem hat der Typ bestimmt eine Handyhülle benutzt, die verdeckt einiges. Wie dem auch sei, ich ziehe meinen Hut vor derartig technischer Versiertheit. Mit so einem Kerl auf der Seite der Guten könnten wir ein wenig mehr für die Sicherheit der Bevölkerung tun.«

»Möglicherweise sieht Dietmar Schön das ein wenig anders. Jona Bach kennt ihn und seine Familie. Sie sagt, er liegt immer noch im künstlichen Koma, weil die Hirnschwellung bisher nicht wesentlich zurückgegangen ist.«

Ingrid Müller nickte traurig. »Deswegen werde ich weiterhin alles daransetzen, mehr über die Vorgehensweise des Typen herauszubekommen, und helfen ihn zu schnappen.«

»Mit deiner Erkenntnis hast du uns vermutlich ein großes Stück vorangebracht. Wir trommeln jetzt das Team zusammen, vielleicht kommen wir gemeinsam auf zusätzliche Details.«

Ingrid klatschte erfreut in die Hände. »Ja, hervorragende Idee. Ich koche rasch eine Kanne Kaffee.« Sie wischte sich die roten Ponyfransen aus dem Gesicht und stürmte aus dem Raum.

Joachim Wilner schmunzelte wohlwollend. Er liebte die verrückte Art seiner Kollegin, von konzentrierter wissenschaftlicher Arbeit direkt in einen heiteren und geselligen Modus zu wechseln. *Sie hat das kleine Mädchen in sich bewahrt,* dachte er neidisch. *Und das ist zweifelsfrei keine üble Sache, wenn man unseren Job macht.*

»Seit wann ist der Patient so unruhig«, erkundigte sich Oberarzt Scholz bei der Nachtschwester.

»Als ich vor einer Stunde eine Runde durch die Patientenzimmer gemacht habe, war bei Herrn Schön alles unverändert.«

Der Doktor nickte. »Er sieht so aus, als versuche er, sich aus dem Koma zu kämpfen. Allerdings gefällt mir nicht, dass sein Blutdruck stetig ansteigt. Die Herzfrequenz ist an der Grenze zu dem, was ich unbehandelt lassen kann. Ich sollte umgehend den Neurologen hinzu bitten. Wer hat Bereitschaft?«

Die Schwester zog die Schultern nach oben. »Da muss ich auf dem Plan nachsehen. Soll ich ihn oder sie gleich anpiepen?«

»Nein. Es würde mir vorerst genügen zu wissen, wer im Dienst ist. Vielleicht hat der Patient auch nur eine kurze Phase.« Er trat ans Bett des Polizeibeamten, schob das Krankenhaushemd nach oben und setzte das Stethoskop auf seine Brust. »Rasend, aber rhythmisch«, stellte er zufrieden fest. »Die Sauerstoffsättigung liegt bei wunderbaren 97%.«

»Ich möchte Ihnen ja keine Vorschriften machen, Herr Doktor«, warf die diensthabende Schwester ein, als sie zurück in das Krankenzimmer kam.

»Aber?«, fragte der Arzt und klang missgelaunt.

»Die Augen!«, sie blickte ängstlich zum Patienten. »Sehen Sie doch mal, wie sie hinter den Lidern rotieren. Ich könnte mir vorstellen, dass das mit dem Druck auf sein Gehirn zu tun hat.«

»Ach wirklich? Und was, wenn ich Ihnen sage, dass er vermutlich nur lebhaft träumt? Er versucht durchzudringen und ins normale Leben zurückzufinden. Da kann es zu deutlich sichtbaren körperlichen Signalen kommen.«

»Trotzdem würde ich das an Ihrer Stelle neurologisch absichern lassen.«

»Sie sind jedoch nicht an meiner Stelle.«

»Zum Glück. Ich werde dennoch in der Patientenakte eintragen, dass ich Sie auf die Option aufmerksam gemacht habe, die Neurologie zu kontaktieren.«

»Tun Sie, was Sie für richtig halten«, gab der Arzt herablassend zurück, als Dietmar Schön zu krampfen begann.

Lydia erwachte mit bleischweren Gliedern. Zunächst versuchte sie erneut zu analysieren, was gestern Abend geschehen war. Insgeheim hoffte sie, nur geträumt zu haben.

Mit flauem Gefühl stand sie vorsichtig auf und schlich zur Schlafzimmertür. Von draußen konnte sie keine Geräusche hören. Erleichtert atmete sie aus und öffnete die Tür einen Spalt breit. Noch immer war alles still. Sie trat in den Flur und schaute ins Wohnzimmer und blickte auf ein leeres Sofa. Doch die Kuscheldecke und das zerwühlte Kissen bewiesen, dass er tatsächlich dort gelegen hatte. »Ralf?«, rief sie laut und ließ sich beruhigt auf einen Sessel fallen, als keine Antwort kam. Sie stütze ihren schmerzenden Kopf auf eine Hand und grübelte über die Ereignisse der letzten Nacht.

»Oh Shit, er hat gesagt, wir haben miteinander geschlafen«, sagte sie verzweifelt und rannte ins Schlafzimmer. Vorsichtig hob sie die Bettdecke an und suchte nach verräterischen Spuren auf dem Laken. Die feuchten Knitterfalten in der Mitte des Bettes bekräftigten ihre Befürchtungen.

»Oh nein!«, schrie sie aufgewühlt. »Das kann doch alles nicht wahr sein!«

»Wovon sprichst du?«, fragte Ralf und trat ins Zimmer.

Sie kreischte entsetzt auf. »Mein Gott, wo kommst du denn so plötzlich her? Du hast mich erschreckt«, keuchte sie atemlos, während ihr Herz raste.

Er lächelte verliebt und hob eine Bäckertüte in die Luft. »Ich hab uns ein paar Brötchen besorgt. Nach einer solchen Nacht sollte man sich stärken, um wieder zu Kräften zu kommen.«

»Entschuldige, bitte. Meine Erinnerungen an gestern Abend sind reichlich verschwommen. Ich nehme an, dass ich zu viel Wein intus hatte. Könntest du mir ein wenig auf die Sprünge helfen?«, fragte sie mit zittriger Stimme.

»Nimmst du mich jetzt auf den Arm? Willst du mir erzählen, dass du dich nicht an dieses wunderbare Ereignis erinnerst? Oder ist das deine Art mir zu zeigen, dass wir genau da weitermachen sollten, wo wir gestern aufgehört haben?«

Lydia blieb wie versteinert vor ihm stehen und schwieg.

»Was ist los, Prinzessin?«

»Kopfschmerzen«, gab sie wimmernd zurück. »Ich gehe unter die Dusche.« Rasch griff sie nach dem Bademantel über dem Stuhl und lief ins Badezimmer. Keuchend verriegelte sie die Tür. Ihr Herz hämmerte und die Gedanken stürmten wie durch Watte in ihr Bewusstsein. *Ich kann unmöglich so betrunken gewesen sein, dass ich mit Ralf ins Bett gegangen bin. Aber er hat mich nicht angelogen. Denk nach, Lydia, was ist passiert?* Sie grübelte ohne Unterlass, doch es schien zwecklos. Ihre Erinnerungen wurden ab dem Zeitpunkt des Abendessens immer löchriger, bis sie in einem tiefen schwarzen Loch ganz verebbten. Das Gedächtnis setzte erst ab dem Gespräch im Wohnzimmer wieder ein, als sie aus dem Schlaf erwacht und zu ihm gegangen war. Doch irgendetwas zuvor kam ihr seltsam vor. Das nagende Gefühl, dass es notwendig war, sich an den kompletten Verlauf des letzten Abends zu erinnern, ließ sie ratlos zurück. Es wurde Zeit, Ralf ein wenig auf den Zahn zu fühlen und herauszubekommen, was mit ihm nicht stimmte.

*

Während Lydia unter der Dusche stand, kochte er Kaffee für sie. Er selbst bevorzugte Tee, fand aber keine Sorte, die seinen Vorlieben entsprach. *Das wird sie bald in- und auswendig wissen,* vermutete er schmunzelnd. *Dann alle meine Lieblingssorten im Schrank haben und darauf brennen, mir einen zuzubereiten.*
Die Tropfen konnten ihm sicher auch ein zweites Mal ihre Dienste erweisen. Zufrieden dachte er an die Wirkung, die sie gestern Nacht auf Lydia gehabt hatten. Wie wunderbar, dass sie noch in der Jackentasche steckten. Ursprünglich

hatten sie irgendein Mädchen in einer Bar gefügig machen sollen, weil er sein sauerverdientes Geld nicht in teuren Bordellen aus dem Fenster werfen wollte. Doch damit war nun endgültig Schluss. Er lächelte versonnen, sah verstohlen in den Flur, bevor er vorsichtig eine etwas niedrigere Dosis in ihre Kaffeetasse tropfte. Kurz überlegte er, wann er sein bisher völlig normales Verhalten gegen die Möglichkeit eingetauscht hatte, sich einfach zu nehmen, was er wollte. Spielte das alles überhaupt eine Rolle? *Nein,* dachte er froh. Dass er Lydia auf diesem Weg klarmachen konnte, dass sie zusammengehörten, war alles, was zählte.

04. JULI 2016, HANNAHS WOHNUNG, KÖNIGSTÄDTEN

Die Glassplitter, die beim Aufprall durch die Luft geflogen waren und nun in ihren Unterschenkeln steckten, spürte sie kaum. Gefangen in eiskalter Angst, stand sie mit aufgerissenen Augen vor dem Kühlschrank und konnte den Blick nicht von der abgetrennten Pfote lösen. Sie lag im mittleren Kühlfach, rechts und links von Joghurtbechern flankiert und die kleine Pfütze aus geronnenem Blut leuchte grell im Weiß der Umgebung. Hannah zwang sich, wegzusehen, um ihr Smartphone zu holen. Auf dem Weg ins Wohnzimmer überschlugen sich ihre Gedanken. *Wer war das? Was soll das, wessen Hund ist das und wie ist der Kerl in meine Wohnung gekommen?* Letzteres war die Frage, die zuerst geklärt werden musste. Doch allein konnte sie dieses Problem im Augenblick nicht angehen. Sie würde Hardy und am besten auch Çetin hinzubitten. Eine kurze Sequenz aus der Vergangenheit in Hamburg flimmerte wie ein Film vor ihren Augen auf.

*

»Ich hab gesagt, dass wir zuerst bei meiner Mutter vorbeifahren werden. Hörst du mir nicht zu? Sie ist auf den Kanaren und ich soll den Hund versorgen. Charlie

muss raus, bevor er die ganze Wohnung vollscheißt. Sonst bin ich doppelt gearscht.«

»Beruhige dich, Stefan. Ich hab's doch kapiert. Aber was sagen wir dem Boss, warum wir viel später am Tatort eingetroffen sind?«

»Lass das mein Problem sein und hör auf immer die Sauberfrau rauszukehren. Das kotzt mich an!«

Sie waren mit mehr als dreißigminütiger Verspätung zum Einsatzort gekommen. Ihr Kollege Wagner zögerte damals keine Sekunde, Hannah die Unpünktlichkeit in die Schuhe zu schieben. »Frauenleiden. Ihr wisst, was ich meine, Jungs? Die Kollegin Bindhoffer war unpässlich und wollte ein wenig verschnaufen. In der Regel haben Wikinger rote Bärte«, schloss er lachend seine Erklärung.

Ein Gefühl glühender Wut auf Stefan Wagner holte sie zurück in die Gegenwart. Sie fragte sich, warum sie ausgerechnet jetzt an die unschöne Episode mit dem Hund zurückdachte. Ihr heftiges Herzklopfen und ein permanentes Summen in den Ohren ließen sie ahnen, dass die Erinnerung an jenen Tag nicht von ungefähr aufgestiegen war. Konnte es Charlies Pfote sein, die dort in ihrem Kühlschrank lag? Sie vergegenwärtigte sich die Begegnung mit dem Hund, der ihr damals noch recht jung erschienen war. Auch die Fellfarbe passte. »Heilige Scheiße«, rief sie laut ins Zimmer und griff nach ihrem

Smartphone. Hardy nahm das Gespräch fast augenblicklich an.

»Du musst herkommen«, bat sie kläglich.

»Hannah? Was ist passiert?«

»In meinem Kühlschrank«, sie hatte Mühe die Worte zu formulieren, ohne verzweifelt zu weinen. »Jemand hat mir eine abgetrennte Pfote hineingelegt. Komm schnell und bringt Çetin mit, bitte!«

Dass Hardy ihr versicherte, sofort loszufahren, hörte sie nur noch am Rande. Der Schreck saß ihr tief in den Gliedern und sie konnte sich nicht dazu aufraffen, etwas anderes zu tun, als auf dem Fußboden sitzen zu bleiben und auf die Ankunft der Kollegen zu warten.

Ihr Handy summte und auf dem Display sah sie, dass der Polizeibeamte von der Unfallstelle versuchte, sie zu erreichen. Sie holte tief Luft und nahm den Anruf entgegen. »Bindhoffer.«

»Hier ist Lars Zweier. Sie erinnern sich?«

»Ja, Sie sind der Kollege, der an meinem Wagen stand.«

»Genau. Ich hatte Ihnen versprochen, Sie auf dem Laufenden zu halten, wenn ich etwas über Dietmar Schön in Erfahrung bringe.«

»Stimmt. Sie haben lange mit dem Rückruf gewartet«, antwortete sie um Fassung bemüht. »Ich hoffe, dass Sie gute Nachrichten haben.«

Zweier räusperte sich kurz am anderen Ende der Leitung.

»Ja und nein. Dietmar Schön lebt, aber er wird mit erheblichen körperlichen Einschränkungen zurechtkommen müssen. Die Schäden in seinem Gehirn waren zum Teil irreversibel. Da war nichts mehr zu machen.«

»Oh nein, wie schrecklich«, hauchte Hannah leise in den Hörer.

»Zumindest hat er es geschafft. Wie er damit klarkommt, wird sich zeigen.«

»Danke für die Information«, sagte Hannah, bevor sie das Gespräch beendete.

Sie zog ihre Beine an den Bauch und weinte stumme Tränen.

04. JULI 2016, HEINRICH-HEINE-STRAßE, RAUNHEIM

Während Lydia sich abtrocknete und anzog, überlegte sie, wie sie Ralf beim Frühstück begegnen sollte. Einerseits wollte sie ihn schnellstens loswerden. Andererseits musste sie versuchen herauszubekommen, was gestern Nacht geschehen war. Auch die Aussicht darauf, dass sie wegen eines One-Night-Stands in Zukunft verschmäht werden würde, falls er es im Ort herumerzählte, kreiste stetig in ihrem Unterbewusstsein und ängstigte sie. In den Köpfen der Menschen hier kam eine Frau, die einmalig mit einem Kerl schlief, einer Prostituierten gleich, während es bei einem Typen als normal und männlich gewertet wurde. Wie sie sich ehrlich eingestehen musste, schien jene Denkweise auch für sie ein Körnchen Wahrheit zu enthalten. *Ich fühle mich wie eine Hure. Und das, obwohl ich mich nicht einmal daran erinnern kann, mit ihm geschlafen zu haben. Am besten warte ich ab, was weiter passiert und ob er mir hilft, meine Gedächtnislücken zu füllen. Wenn er wieder auf Tuchfühlung geht, fliegt er raus.* Entschlossen trat sie zu ihm auf die Terrasse.

»Wie schön, du hast schon alles vorbereitet«, mit einem kläglich verunglückten Lächeln auf den Lippen nahm sie Platz.

»Möchtest du Kaffee?«

Sie schüttelte den Kopf. »Mein Magen rebelliert noch, ich nehme lieber einen Tee.«

Er sprang auf. »Bleib sitzen, ich mach das«, erklärte er, und rannte durch das Wohnzimmer zur Küche. Lydias Alarmglocken läuteten erneut. Sie stand auf und ging leise hinter ihm her. Hastig schlüpfte sie an der Küchentür vorbei, drückte sich an die Wand und schlich schrittweise näher.

»Hast du etwas im Badezimmer vergessen«, fragte Ralf besorgt.

Sie seufzte resigniert. Er schien Ohren wie ein Luchs zu haben. *Du musst ihn geradeheraus ansprechen, anders kommst du nicht weiter,* überlegte sie und trat zu ihm in die Küche. Dabei sah sie, wie er sich kurz von ihr wegdrehte und etwas in seine Hosentasche gleiten ließ.

»Kann ich dich was fragen?«

Er nickte mit errötetem Gesicht. »Klar.«

»Ich sagte ja bereits, dass mir ein Teil der Erinnerung an gestern Nacht fehlt. Dabei bin ich der Meinung, dass ich keine Unmengen an Wein getrunken habe. Deshalb bitte ich dich, mir auf die Sprünge zu helfen. Wie viele Gläser waren es?«

Ralf schwieg für einen Moment mit nachdenklichem Gesicht. »Vielleicht sechs oder sieben. Aber ganz genau kann ich dir das nicht beantworten. Ich hatte ebenfalls einen ordentlichen Schwips. Umso wichtiger ist es deshalb, jetzt erst einmal ausgiebig zu frühstücken, was meinst du?«

Lydia bemerkte sofort, dass er versuchte, einer detaillierten Antwort auszuweichen.

»Können wir gleich, aber ich möchte zuerst Genaueres zu letzter Nacht erfahren. Es ist ja so, dass ich dir gestern schon gesagt habe, dass du für mich ein Freund bist und nicht mehr. Deshalb versuche ich zu verstehen, warum ich mit dir ins Bett gestiegen bin.« Sie hob beide Hände in die Luft. »Fass das bitte richtig auf. Ich mag dich, und wenn wir uns weiter verabreden und miteinander auskommen, könnte es passieren, dass ich mich verliebe. Aber unter keinen Umständen jetzt und Knall auf Fall. Es ist sowieso nie meine Art gewesen, gleich nach einigen Treffen mit einem Mann ins Bett zu gehen. Das musst du mir glauben.«

Er nickte lächelnd.

»Außerdem kann ich sonst eine Menge Wein trinken, ohne davon so betrunken zu sein, dass ich nicht mehr weiß, was ich tue. Und genau aus diesen beiden Gründen ist es mir unverständlich, was gestern Nacht passiert ist.«

Sein Gesichtsausdruck schwankte zwischen Trauer und Wut. Lydia wartete nervös auf Ralfs Reaktion. Er schloss die Hände zu Fäusten, öffnete sie sofort wieder und setzte ein strahlendes Lächeln auf. »Ich denke, dass du beseelt vom Wein deinen Gefühlen freien Lauf gegeben hast. Ich bin mir sicher, in dir die Frau fürs Leben gefunden zu haben. Aber …« Er hob abwehrend die Arme in die Luft. »Ich weiß, dass du das anders siehst. Deshalb möchte ich dich keineswegs bedrängen. Sieh es doch einfach mal so. Es ist geschehen, und du kannst es nicht rückgängig machen. Deswegen solltest aufhören, dir weiter dein hübsches Köpfchen darüber zu zerbrechen, oder? Falls es dir hilft, es war sehr harmonisch heute Nacht und ich habe es genossen.«

Lydia schluckte und versuchte, ihre ständig wachsende Abneigung gegen Ralf zu verbergen. Bevor sie ihn endgültig in die Wüste schickte, musste sie alles erfahren.

»Du hast recht, frühstücken wir erst einmal.«

Sie ging mit dem sicheren Gefühl, ihn noch besser im Auge behalten zu müssen, zurück zur Terrasse.

Ralf bis er das Klappern ihrer Absätze auf der Terrasse hörte, bevor er die Tropfen aus der Hosentasche zog und in Lydias Tee gab. Beschwingt trat er mit der Tasse in der Hand nach draußen und nahm neben ihr Platz.

»Wenn es dir nachher besser geht, könnten wir einen Spaziergang machen. Die Wildschweine füttern, zum Beispiel.«

Lydia erbleichte. »Du meinst, wir sollten dahin gehen, wo man vor ein paar Tagen die Leiche von Susi gefunden hat? Sag mal, wie krank bist du eigentlich? Sieh zu, dass du aus meinem Haus verschwindest. Hau ab!«

Sie sprang auf und zerrte wütend am Ärmel seines T-Shirts. »Geh mir aus den Augen!«

»Nein, Lydia, es tut mir leid«, wimmerte er kläglich. »Ich habe vergessen, dass man Susi dort gefunden hat. Ehrlich, sei nicht böse auf mich – bitte!«

Sie schüttelte zornig den Kopf. »Diesmal hast du es wirklich zu weit getrieben. Geh jetzt.«

Er ließ sich vor ihr auf die Knie fallen und hob die gefalteten Hände in die Luft. »Verzeih mir«, bat er inständig, während ihm Tränen die Wangen hinab liefen. »Ich flehe dich an.«

»Hör endlich auf! Wirst du nie begreifen, dass wir beide ganz unterschiedliche Gefühle füreinander haben? Ich möchte keine Beziehung mit dir, basta. Dein Vorschlag eben hat mich sehr verletzt.«

»Deshalb bitte ich inständig um Verzeihung. Es war ein dummer Fehler, weil ich vor lauter Glück über unser Kennenlernen nicht klar denke. Ich sehe es ein und werde jetzt gehen. Aber versprich mir, dass ich wiederkommen darf.«

»Das kann ich dir nicht versprechen«, erwiderte sie entschieden. »Du bringst mich komplett durcheinander.«

»Du mich ebenfalls, deshalb bin ich ja so neben der Spur und plappere unmögliche Dinge.«

»Du lässt wohl nie locker, oder?«

»Nein, ich werde um deine Liebe kämpfen.«

Sie schüttelte resigniert den Kopf. »Bitte geh jetzt.« Lydia nahm einen tiefen Schluck aus ihrer Teetasse und sah ihn abwartend an.

»In Ordnung«, antwortete er bedrückt und stand auf.

Hannah raffte sich erst nach dem zweiten Klingeln vom Fußboden auf und lief zur Wohnungstür. Hardy, kalkweiß im Gesicht, nahm sie ohne ein Wort in die Arme.

Çetin sagte leise »Hallo« und strich ihr sanft über den Oberarm. »Am besten, du bleibst im Wohnzimmer sitzen und wir schauen uns die Sache genauer an«, schlug er vor und trat in den Flur der Wohnung.

»Das ist lieb, aber ich komme mit. Schließlich darf ich mir von diesem Widerling nicht den Schneid als Polizistin abkaufen lassen.«

»Sehe ich in dem Fall etwas anders«, erklärte Hardy betrübt. »Du bist persönlich betroffen und du schwebst deshalb in Gefahr. Mitheimer erwägt, dich in den Urlaub zu schicken, bis die Angriffe aufgeklärt sind.«

Hannah schüttelte vehement den Kopf. »Kommt überhaupt nicht infrage. Schließlich bin ich die Einzige, die alles aus der Vergangenheit und von den Begebenheiten in Hamburg weiß. Da kann er kaum verlangen, dass ich in die Ferien fahre und mich entspanne. Wie stellt er sich das vor?« Ihre Augen funkelten wütend, als sie beide Kollegen nacheinander ins Visier nahm.

Çetin zuckte die Schultern. »Uns brauchst du das nicht erzählen. Erstens, weil wir wissen, dass du sowieso nie dienstfrei machen wirst und zweitens, und da stimme ich dir absolut zu, ist es wichtig, die Zusammenhänge zu kennen. Dafür musst du in der Nähe sein. Wenn du am Strand liegst, wird das eher schwierig.«

»Sag ich ja.«

»Anderseits machen wir uns Sorgen, dass dir etwas zustößt. Deshalb schlage ich vor, dass du dich nirgendwo mehr allein aufhältst. Wann kommt der Doc wieder?«

»Weiß ich nicht genau, er bleibt erst einmal bei seinem Vater.«

»Dieses Mal rufst du ihn bitte gleich an«, bat Hardy sanft. »Auch wenn du Angst hast, dass er früher zurückkommt.«

»In Ordnung. Lasst uns jetzt zum Kühlschrank gehen, ich möchte das hinter mich bringen«, sagte Hannah.

Çetin ging voran und öffnete vorsichtig die Kühlschranktür. »Heilige Scheiße. Das sieht ja aus, als ob man die Pfote dem Hund erst kurz vorher abgeschnitten hat. Da ist Blut.«

Auch Hardy schüttelte fassungslos den Kopf, nachdem er in das Kühlfach geblickt hatte. »Das kann nur ein völlig Irrer gewesen sein.«

»Aber wer und warum?«, fragte Hannah angeschlagen.

»Das kriegen wir raus, und dann schnappen wir uns diesen Wahnsinnigen. Hast du schon an deiner Haustür nachgeschaut, wie er hier hineingelangt ist?«

Die Kommissarin verneinte. »Ich war zu geschockt. Kurz bevor ihr ankamt, rief der Kollege Zweier an. Dietmar Schön ist am Leben, aber er wird nie mehr der Alte sein.«

»Oh nein«, sagte Hardy traurig. »Nicht das auch noch. Es tut mir leid, Hannah. Aber ein Grund mehr diesem Monster endlich das Handwerk zu legen. Die Spurensicherung müsste gleich da sein. Bis dahin solltest du Cornelius anrufen, damit wir planen können, wohin du nachher gehst.«

»Die Pfote könnte von Charlie stammen.«

»Wer ist Charlie?«, fragte Çetin überrascht.

»Der Hund von Stefan Wagners Mutter. Ich habe ihn nur einmal gesehen, aber wenn ich mich recht erinnere, kann das durchaus hinkommen.«

»Alles hängt mit dem Ex-Kollegen aus Hamburg zusammen. Das ist sicher kein Zufall. Falls deine Vermutung zutrifft, beantrage ich die Zusammenarbeit mit der dortigen Dienststelle und fahre hin. Und wenn ich es aus dem Typen herausprügeln muss!«

»Du weißt, dass das nicht so einfach geht«, wandte Hannah ein. »Trotzdem weiß ich zu schätzen, wie sehr dir daran liegt, mir zu helfen.«

»Klar. Wäre andersherum doch genauso, oder?«

Sie nickte lächelnd. »Selbstverständlich. Und das gilt natürlich auch für unseren osmanischen Kollegen.« Sie blinzelte Çetin zu, froh, einen Moment von der vorherrschenden Situation abgelenkt zu sein. »Setzt euch, ich gehe ins Schlafzimmer und rufe Cornelius an.«

Die Kommissare saßen sich einen Augenblick schweigend gegenüber, bevor Hardy zu flüstern begann. »Findest du es richtig, sie Dienst schieben zu lassen?«

»Eigentlich nicht. Erstens ist sie wegen des Armes noch eingeschränkt und zweitens habe ich höllische Angst um sie. Aber wir sprechen über Hannah und jeder von uns beiden weiß, dass sie niemand davon abhalten wird, auch weiter zur Arbeit zu kommen.«

»Zweimal vollkommen korrekt. Wir müssen sie unter Beobachtung stellen oder wissen, dass der Doc bei ihr ist. Glaub mir, mir geht ebenfalls ganz schön der Stift, dass ihr etwas zustößt.« Hardy lächelte gequält.

»Mir doch auch. Ich dachte schon daran, ihr vorzuschlagen, in der Arrestzelle zu bleiben, bis der Kerl gefasst ist. Da kommt auf jeden Fall keiner an sie ran.«

»Da ist was dran. Vielleicht sollten wir Mitheimer das vorschlagen, quasi als Auflage für ihre Arbeit auf dem Revier. Sie wäre für uns jederzeit zu sprechen und in Sicherheit.«

»Cornelius kommt morgen Nachmittag nach Hause. Er lässt sich nicht davon abbringen«, erklärte Hannah, als sie zurück ins Wohnzimmer kam.

»Gut so«, erwiderte Çetin, als es an der Tür klingelte.

04. JULI 2016, HEINRICH-HEINE-STRAßE, RAUNHEIM

Lydia kämpfte gegen bleierne Müdigkeit, als sie den letzten Bissen des Brötchens hinunterwürgte. Sie zwang sich, ihren Tee auszutrinken und das Geschirr aufs Tablett zu stellen. Mit schweren Beinen trug sie alles in die Küche, räumte die verderblichen Lebensmittel in den Kühlschrank und ging zurück ins Wohnzimmer. Sie blickte zum Sofa. Die Erinnerung daran, dass sie Ralf am Morgen darauf gefunden hatte, ließ sie angewidert abdrehen und ins Schlafzimmer laufen. Völlig erschöpft schlüpfte sie ins Bett. *Die Terrassentür steht noch offen,* dachte sie, bevor sie fast augenblicklich einschlief.

*

Hartmut stand geduldig an der Ecke neben dem Geräteschuppen und beobachtete das Haus. Immer wieder sah er auf die Armbanduhr und beschloss vorsichtshalber noch einige Minuten auszuharren. Er musste sichergehen, dass Lydia fest schlief, bevor er ihre Wohnung betreten konnte. Genug Zeit, um darüber nachzudenken, wie er ihr hinterher seine erneute Anwesenheit erklären würde. Das Misstrauen saß bereits tief in ihr und er durfte keine Fehler machen. Langsam und vorsichtig trat er aus dem Versteck und schlich auf die Terrasse. Die Tür stand offen und er konnte Lydia nirgendwo sehen. *Hervorragend.* Mit einem vagen Plan im Kopf schlüpfte er leise ins Wohnzimmer, öffnete die Schlafzimmertür und fand sie schlafend auf ihrem Bett. Ohne Hektik begann er, sich zu entkleiden. Er beschloss, die Unterhose anzubehalten und die sofortige Erektion zunächst zu ignorieren. *Eins nach dem anderen. Ich will meine Prinzessin nicht erschrecken.* Vorsichtig öffnete er ihren Bademantel, schlug ihn zur Seite und kroch neben sie. Ihre nackte Haut zu spüren nahm ihm fast den Atem. Er zwang sich, reglos liegenzubleiben und ihren gleichmäßigen Atemzügen zu lauschen. Für einige Minuten hielt er durch und genoss Lydias Nähe. Dann jedoch begannen die Stimmen in seinem Kopf zu hallen. *»Da sieht man mal wieder, wie hohl der Kerl ist. Gibt der Tussi K.-o.-Tropfen und legt sich danach einfach nur neben sie, ohne sie anzurühren. Wie blöd ist der denn? Dabei würde die es noch nicht einmal mitkriegen, wenn er sie eine Stunde lang rannimmt.«* Wütend steckte er die Finger in die Ohren, um die Stimmen verstummen zu lassen. Neben ihm stöhnte Lydia im Schlaf auf. Dieses Geräusch nahm ihm den letzten Rest Beherrschung. Er drehte sie auf den Rücken, vergewisserte sich, dass sie auch weiterhin tief schlief und zog ihr Höschen herunter. Die Gespräche seiner

Klassenkameraden verebbten, während er, sich langsam hin und her bewegend, auf ihr lag.

Wenig später schlief er mit schlechtem Gewissen ein.

Wenn sie mich erst zu lieben beginnt, wird alles einfacher.

Das Klopfen des Zimmerservice riss ihn aus den Gedanken. Nachdem er auch diesmal Teile der Unterhaltung vor der Wohnung der Kommissarin belauscht hatte, war er gut gelaunt zurück in sein Hotelzimmer gefahren. Es gab ihm einen zusätzlichen Kick zu wissen, dass die Polizeistation direkt auf der anderen Seite der Straße lag und er sich somit in unmittelbarer Nähe befand. *Aber ich bin eben das entscheidende Stück besser als die Bullen. Gut so, schließlich steht noch einiges mehr für das Miststück auf meinem Plan.*

»Herein«, rief er zur Tür und bemerkte seinen knurrenden Magen. Die Hotelangestellte lächelte freundlich und stellte ein großes Tablett auf den Tisch am Fenster. »Zweimal Vorspeisenplatte und ein T-Bone-Steak medium rare, der Herr.«

»Hervorragend, ich mag es blutig«, erklärte er mit einem Grinsen und steckte ihr einen zerknittern Zehneuroschein zu. »Danke sehr«, erwiderte die Angestellte zaghaft. »Kann ich sonst noch etwas für Sie tun?«

»Ja. Würden Sie bitte das Nicht-Stören-Schild an meine Zimmertür hängen? Ich muss nachher ungestört arbeiten.«

Sie nickte, ging raschen Schrittes zur Tür, nahm das Türschild und verließ den Raum grußlos.

Verschrecktes Ding, dachte er schmunzelnd. *Dabei ist sie absolut sicher vor mir.*

Er aß alles auf, wischte zufrieden mit der Serviette über den Mund und seufzte. *Zeit, Stefan mitzuteilen, dass ich die Arbeit aufgenommen habe und dem Miststück zeige, was passiert, wenn sie unser Leben durcheinanderbringt.*

Er griff zur Hotelmappe, angelte einen Briefbogen heraus und überlegte einen Augenblick, wie er die Botschaft an seinen Ex-Lebensgefährten beginnen konnte. Wenig später setzte er den Stift an, schrieb rasch und in Schönschrift. Als er fertig war, dämmerte ihm, dass eine Zustellung per Post zu lange dauern würde. Er griff zum Smartphone, fotografierte die Zeilen und sendete sie per WhatsApp an Stefan Wagner.

Und nun bin ich gespannt, wie du reagierst.

Die Kollegen von der Spurensicherung machten ein betretenes Gesicht, als sie zum zweiten Mal innerhalb kürzester Zeit in Hannahs Wohnung an die Arbeit gehen mussten.

»Schaut nicht so geknickt«, versuchte sie, die Angelegenheit zu entschärfen. »Man gewöhnt sich daran.«

»Jetzt übertreibst du es aber mit der Coolness«, rief Çetin empört. »Jeder hier im Raum weiß, dass du alles andere als ruhig bist. Du musst keine Heldin für uns spielen.«

»Ich kann halt nicht aus meiner Haut, und du hast recht, ich fühle mich jämmerlich. Das zu zeigen, ist allerdings unmöglich. Du weißt ja, Frau Bindhoffer ist gerne die Starke.«

»Hoffentlich wirst du dich wenigstens gegenüber dem Doc öffnen, wenn er nachher kommt«, sagte Hardy und schüttelte resigniert den Kopf. »So viel zur Schau gestellte Unverletzlichkeit hält man nicht aus.«

»Wäre es dir lieber, ich würde noch immer auf dem Fußboden liegen und heulen?«

»Offengestanden ja. Denn dann wüsste ich, dass du die Sache ernst nimmst.«

Hannah hob abwehrend die Hände in die Luft. »Okay, verstanden, ich halte einfach die Klappe.«

»Auch eine Option«, erklärte Çetin amüsiert. Er wandte sich an Hardy und ergänzte: »Merkst du eigentlich nie, dass wir uns bei ihr das Maul fransig reden können? Sie ist und bleibt eben Kommissarin Robust.«

»Sollen wir anfangen?«, fragte ein Kollege der Spurensicherung vorsichtig. Während der vorangegangenen Unterhaltung hatte sich keiner der Beamten bewegt.

»Ich bitte darum«, erklärte Hannah und wies in die Küche. »Im Kühlschrank dort.«

»Jetzt mal im Ernst«, nahm Hardy das Gespräch wieder auf, als sie allein im Flur standen. »Ich befürchte, dass du die Sache immer noch auf die leichte Schulter nimmst. Der Typ macht keinen Spaß, die Handybombe hätte dich töten können!«

Çetin nickte zustimmend.

Hannah hob die Hand zum Schwur. »Ich versichere euch beiden, dass ich verdammt nochmal weiß, was los ist. Meine Art zu reden und aufzutreten hat absolut nichts damit zu tun. Großmutter sagte immer: Kopf hoch und Brust raus. Und genauso halte ich es. Dass ich mir dabei fast in die Hose mache und unendlich erleichtert sein werde, wenn der Typ endlich geschnappt ist, spielt definitiv keine Rolle.«

»Gut zu wissen«, erwiderte Hardy gelöst. »Wir wollen nämlich noch ein paar mehr Fälle mit dir lösen, stimmt's, Kollege?«

»Unbedingt«, sagte Çetin und grinste. »Ich wüsste da ein lauschiges Plätzchen für dich und Doktor Winterherbst?« Hannah schaute ihn fragend an.

»Lass stecken«, schlug Hardy vor. Nach ihren klaren Worten werde ich der Kollegin deinen Vorschlag nicht unterbreiten.« »Ihr sprecht in Rätseln.«

»Besser so«, erwiderte Çetin und ging in die Küche.

Lydia spürte eine Hand auf ihrer Hüfte und setzte sich erschrocken auf. Noch völlig benommen erkannte sie, dass Ralf neben ihr lag und friedlich schlummerte. Verwirrt versuchte sie, sich zu erinnern, wann er zurückgekommen war und warum er in ihrem Bett lag. Undeutlich kam ihr die Szene eines Streits auf der Terrasse in den Sinn. Sie hatte ihn doch davongejagt. Die Gedächtnislücken ließen sie erschaudern. *Wie ist es möglich, dass ich schon wieder nicht mehr weiß, was passiert ist?* Energisch packte sie Ralfs Schulter und schüttelte ihn. »Wach auf!«

»Was ist los, Schatz?«, fragte er schlaftrunken.

»Das frage ich dich«, herrschte sie ihn an. »Was machst du hier in meinem Bett?«

Er öffnete die Augen und sah sie besorgt an. »Willst du mir erzählen, dass du wieder nicht mehr weißt, was passiert ist? Allmählich sorge ich mich deswegen. Ich weiß ja, dass Trauer seltsame Zustände hervorrufen kann, aber das solltest du mit einem Arzt besprechen.«

»Halt mir keine Vorträge und sag einfach, was Sache ist«, knurrte sie wütend. »Ich habe nämlich das ungute Gefühl, dass du irgendetwas mit mir anstellst, damit ich alles vergesse.«

»Ich liebe dich, das weißt du. Das ändert allerdings nichts an der Tatsache, dass du anscheinend an Verfolgungswahn leidest. Warum sollte ich so etwas tun?«

»Weil du willst, dass ich deine Zuneigung teile.«

»Das wünsche ich mir mehr als alles andere auf der Welt.« Er griff nach ihrer Hand.

»Lass das gefälligst.«

Er schaute beleidigt. »Na, na. Vorhin warst du nicht abgeneigt.«

»Erzähl mir, was passiert ist, bevor ich durchdrehe«, bat sie unglücklich und machte sich auf das Schlimmste gefasst.

»Du hast mir nach dem Frühstück angeboten, ein Verdauungsschläfchen zu machen. Ich bin auch nur ein Mann, deshalb habe ich eingewilligt, obwohl ich wusste, dass du nur eine Freundin sein willst. Im Schlafzimmer fühlte es sich anders an.« Er stieß einen leisen Pfiff aus. »Papa würde sagen, du hast ordentlich Pfeffer im Hintern. Aber belassen wir es dabei, denn ein Gentleman genießt und schweigt.«

»Wirklich?«, fragte sie geschockt und sank zurück in die Kissen.

»Weshalb sollte ich dich anlügen. Begreifst du …«.

Sie hob abwehrend die Hand. »Bitte, ich will das nicht mehr hören, okay? Es ist genau so, wie du sagst. Du bist ein Freund für mich. Und falls sich alles so abgespielt hat, wie du es mir erzählt hast, wird es Zeit für mich, einen Termin beim Arzt zu machen.«

»Wenn du möchtest, begleite ich dich.«

»Ich will, dass du gehst. Ich bin völlig durcheinander und muss allein sein.«

»Wie du meinst, aber ruf mich an, falls du es dir anders überlegst«, erwiderte er, stand auf und zog sich an.

*

Als er die Wohnung über die Terrasse verließ, grunzte er zufrieden. Zwar hatte er Lydia angelogen und behauptet, dass sie krank wäre, aber das gab ihm die Chance, weiter daran zu arbeiten, sie für sich zu gewinnen. *Wer ist besser dazu geeignet, sich Sorgen und Nöte anzuhören als ein guter Freund?* Lächelnd verließ er das Grundstück.

*

Lydia saß wie versteinert auf ihrem Bett und versuchte krampfhaft, eine Erklärung dafür zu finden, was diese Gedächtnislücken ausgelöst hatte. Es musste mit Ralf zusammenhängen, oder setzte ihr die Trauer um ihre Freundin derart zu, dass ihr Körper so darauf reagierte? *Ich muss Nicola anrufen, die weiß immer Rat.* Als sie aufstand, um zum Telefon im Wohnzimmer zu gehen, wurde sie von Schwindel erfasst. Schwankend und begleitet von heftigen Schweißausbrüchen schaffte sie es bis zur Couch. Als sie den Hörer in die Hand nehmen wollte, rutschte er ihr aus den Fingern und sie begann zu weinen. Sollte sie wirklich mit Nicola über die Sache sprechen? Wie sollte sie erklären, warum sie Ralf überhaupt ein zweites Mal hereingelassen hatte? Sie wusste nicht einmal, ob es tatsächlich so abgelaufen war, wie er erzählte. *Was kann mir mehr passieren, als dass sie mich ausschimpft? Immer noch besser, als allein mit diesem Schlamassel fertig zu werden,* machte Lydia sich selbst Mut. Sie schnäuzte die Nase, holte tief Luft und wählte Nicolas Nummer.

Josef Mitheimer bat seine Mitarbeiter Jens Hartmann und
Çetin Alkan zu einem Gespräch ins Büro.

»Ich möchte mit Ihnen über die bisherigen Ergebnisse und
Erkenntnisse zu den Angriffen auf Ihre Kollegin sprechen.
Heute Vormittag ist sie gemeinsam mit Herrn Doktor
Winterherbst ins rechtsmedizinische Institut gefahren. Ich
rechne nicht vor zwölf Uhr mit ihrer Rückkehr. Deshalb
dachte ich, es wäre eine gute Idee, sich bis dahin mit Ihnen
beiden auszutauschen. Die Haarsträhne aus dem Paket
stammt hundertprozentig von Stefan Wagner, das hat mir
Frau Doktor Listner vor einer Stunde noch einmal
bestätigt. Leider ist es den Kollegen in Hamburg bisher
nicht gelungen, eine DNA-Probe des Hundes zu besorgen.
Sie können seine Mutter kaum dazu zwingen, da Charlie
kein Verbrechen begangen hat. Immerhin erfuhren die
Beamten, dass der Hund vor etwa einer Woche das
Zeitliche gesegnet hat.«

»Das passt also«, erklärte Hardy. »Und die Weigerung der
Mutter, der Polizei ein paar Haare zur Verfügung zu
stellen, lässt darauf schließen, dass wir mit unserer
Vermutung richtig liegen. Es kann gar nicht anders sein,
als dass Stefan Wagner da irgendwie mit drinhängt.

Wissen Sie, weshalb sie sich geweigert hat, eine Probe der Hundehaare rauszurücken?«

»Sie hat den Beamten erzählt, dass sie Charlie in die Tierverbrennung gebracht und danach die komplette Wohnung mit dem Dampfstrahler bearbeitet hat. Sie könne nicht ertragen, auch nur eine Spur von ihrem geliebten Hund im Haus zu haben.«

»Schon klar«, sagte Çetin und zog mit dem Zeigefinger die Haut unter seinem Auge herunter. »Das würde ihre Trauer um den heißgeliebten Vierbeiner ins Unendliche steigern.«

»So was in der Art«, bestätigte Mitheimer. »Jedenfalls reichte mir das, um auf der Wache in Hamburg anzurufen. Ich habe mit Holger Becker gesprochen, der dort wegen des Falles die Fühler für uns ausstreckt. Er hat keine Einwände, dass ich ihn einmal besuche. Ganz unverbindlich versteht sich und ohne, dass ich vor Ort etwas unternehme.«

»Okay« sagte Hardy überrascht. »Er muss Hannah mögen, sonst hätte er bestimmt auf stur geschaltet.«

»Richtig. Und jetzt kommen Sie beide ins Spiel. Ich kann Frau Bindhoffer unmöglich einweihen, denn unser verdammter Dickschädel würde verlangen, mitkommen zu dürfen. Jedenfalls bitte ich Sie darum, für mich zu lügen. Erzählen Sie ihr, dass ich ein paar Tage weg bin, weil ich Urlaub mache.«

»Das glaubt sie uns nie«, riefen die Kommissare im Chor.

»Dann eben, dass ich zu einer Fortbildung gefahren bin.«

»Schon viel besser«, erwiderte Hardy. »Am besten eine, die mit Cold Cases zu tun hat.«

»Lausiger Gedanke. Sie wird fragen, warum du nicht mitgefahren bist«, gab Çetin zu bedenken.

»Auch wahr. Na, uns wird irgendetwas einfallen. Wann wollen Sie los?«

»Ich nehme den Zug um vierzehn Uhr. Ich melde mich bei Ihnen, wenn ich angekommen bin. Aber jetzt sollte ich nach Hause fahren und ein paar Sachen zusammenpacken. Und Sie beide nehmen Frau Bindhoffer unter Ihre Fittiche.«

»Wird gemacht, Chef. Und treiben Sie sich nicht zu lange auf der Reeperbahn rum«, Hardy zwinkerte und ging zur Tür.

»Das lassen Sie nur meine Sorge sein«, erwiderte Mitheimer und hob warnend den Zeigefinger. »Sie wissen, dass ich seit einigen Jahren Witwer bin, aber so nötig habe ich es dann auch nicht. Vielleicht kann ich mir ja etwas zum Spielen besorgen, quasi als Takeaway im Sexshop, oder, Kollege?«

»Sorry«, stammelte der Kommissar, »ich wollte Ihnen überhaupt …«

«Vergessen Sie's einfach, Hartmann, unser Sinn für Humor scheint wie so oft um Welten auseinanderzudriften.«

Çetin wandte grinsend ein: »Es ist ein wahrer Genuss, diesen Differenzen zuzuhören.«

Er applaudierte kurz, bevor er aufstand und Hardy zur Tür folgte. »Viel Erfolg, Boss. Nehmen Sie sich Stefan Wagner mal ordentlich zur Brust. Und falls gerade niemand hinsieht …«

Mitheimer stellte eine grimmige Miene zur Schau. »Verdeckte Polizeigewalt?« Çetin nickte zaghaft.

»Wenn Sie wüssten, wie sehr Sie mir aus der Seele sprechen. Ich könnte ihm einen Sheriffstern verpassen, oder etwas in der Art. Das sieht man nicht gleich.«

Mit einem schallenden Lachen verließen die beiden Kommissare das Büro ihres Vorgesetzten.

»Es ist wie ein schwarzes Loch. Ich schwöre dir, dass ich nicht den blassesten Schimmer habe, ob es stimmt, was er mir weismachen will.«

Nicola schwieg einen Moment und Lydia hörte, wie sie etwas über eine Tastatur eingab.

»Was suchst du?«

»Ich sag dir jetzt was. Ich vermute, dass dieser Ralf dir womöglich Liquid Ecstasy ins Glas gekippt hat.«

»Du meinst K.-o.-Tropfen?«

»Ja. Was ich hier so auf die Schnelle darüber sehe, passt zu deiner Schilderung.«

»Und wie soll ich das herausfinden?«

Wieder blieb es einen Augenblick still. »Es gibt einen Schnelltest, damit kann man das Zeug bis circa vierzehn Stunden nach Einnahme nachweisen. Wann habt ihr gefrühstückt?«

Lydia blickte auf die Wanduhr. »Muss gegen zehn gewesen sein.«

»Dann passt es ja noch. Ich ziehe mir was anderes an und hole dich ab.«

»Mein Arzt hat längst geschlossen und in die Notfallambulanz möchte ich nur wegen eines Verdachts nicht fahren. Was, wenn du falsch liegst?«

Erneutes Klacken der Tastatur. »Hm, keine Ahnung, aber warte, ich habe hier noch etwas gefunden. Es gibt Tests, die man direkt am Getränk benutzen kann. Das hieße allerdings, dass du diesen Ralf wieder einladen müsstest, sobald du die Testkärtchen erhalten hast.«

Lydia lief es kalt den Rücken hinunter. »Damit bekomme ich auf jeden Fall Klarheit? Es gruselt mich total, ihn noch einmal herzubestellen, aber ich habe wohl keine andere Wahl.«

»Vermutlich ist es besser, wenn jemand bei dir ist, sich irgendwo versteckt und im Notfall eingreifen kann, oder?«

»Das klingt gut. Würdest du das übernehmen?«

»Klar, gib mir Bescheid, wenn das Paket da ist und er dich besucht.«

Hannah und Cornelius saßen über den Ergebnissen der
toxikologischen Untersuchung und dem DNA-Abgleich
von Wagners Haarsträhne.

Als der Rechtsmediziner am Nachmittag zur Kommissarin
zurückgekehrt war, hatte sie eine gehörige Standpauke
ertragen müssen. Er warf ihr egoistisches Handeln vor,
weil sie ihn nicht benachrichtigt und um Hilfe gebeten
hatte.

»Ich habe geschwiegen, weil es das Beste für dich war.
Oder denkst du, ich möchte dafür verantwortlich sein,
wenn du hier bist, während dein Papa stirbt?«

»Möglich, allerdings schimmert da für mich schon wieder
ein wenig Heldenmut durch. Hannah Bindhoffer hat alles
im Griff und lässt ihren Freund unbehelligt. Himmel noch
mal, ich bin erwachsen und möchte meine Entscheidungen
selbst treffen dürfen.«

Der Rest des Abends war in kühlem Schweigen verlaufen
und auch heute Vormittag schien Cornelius in Gedanken
ausschließlich am Sterbebett seines Vaters zu sein, obwohl
er es vehement abstritt.

Frau Doktor Listner trat ein und nickte beiden freundlich
zu. »Falls hier soweit alle Fragen geklärt sind, würde ich

jetzt gerne aufbrechen. Bleibst du im Dienst, oder fährst du in den nächsten Tagen nach Hause, Cornelius?«

Er zuckte die Schultern. »Kann ich im Augenblick nicht wirklich beurteilen. Es wäre aber gut, wenn du im Notfall noch einmal für eine Vertretung zur Verfügung stehst.«

»Kein Problem, gib mir einfach Bescheid.«

Doktor Winterherbst blickte erneut auf die Akten, als seine Kollegin den Raum verließ.

»Also, dass es die Pfote des Hundes von Wagners Mutter ist, können wir nur vermuten, weil kein Material zum Vergleich vorliegt. Aber du bist deswegen sicher, oder?«

Hannah nickte. »Es passt alles zusammen und es steht fest, dass der Zusammenhang in meiner Dienstzeit in Hamburg zu suchen ist. Was mir Rätsel aufgibt, ist, warum das jemand für Stefan Wagner macht? Hat er selbst den Auftrag dazu erteilt, oder gibt es eine Person, die wir nicht kennen, die von der Sache damals ebenfalls betroffen war? Und wenn ja, auf welche Art und Weise ist sie involviert?«

Cornelius schüttelte den Kopf. »Keine Ahnung, wie das passen könnte.« Der Klingelton *Der Kommissar* erklang auf Hannahs Smartphone. Dieser Ton signalisierte, dass ihr Vorgesetzter anrief. Sie nahm mit den Worten »Ja, Chef?« ab, lauschte angespannt, nickte und notierte ‚Raffael Göbel' auf ein Blatt Papier. »Ich habe den Namen noch nie gehört. Und das ist hundertprozentig der Mann, der auf dem Revier war und nach mir gefragt hat?«

Cornelius beobachtete sie gespannt.

»Okay, dann wissen wir zumindest, mit wem wir es zu tun haben. Aber wir wissen nicht, ob er auch für all die Drohungen und den Anschlag auf mich verantwortlich ist. Trotzdem, danke für die Info. Wir sehen uns später.«

»Wer ist das?«, fragte Winterherbst und deutete auf die Notiz.

»Der Mann, der auf dem Revier so vehement nach mir verlangt hat. Ein Kollege in Hamburg hat heute früh das Bild auf Holger Beckers Handy gesehen und ihm gesagt, um wen es sich handelt. Jetzt versucht Becker herauszufinden, ob dieser Göbel etwas mit Wagner zu tun hat. Sie suchen in Hamburg schon nach ihm.«

»Ist es schwer für dich?«

Hannah sah ihn fragend an. »Was genau meinst du?«

»Na nicht vor Ort mit zu ermitteln, weil es nicht in deinen Zuständigkeitsbereich fällt?«

»Sehr. Aber da sind mir eben die Hände gebunden. Außerdem erspart es mir dem Dreckskerl noch einmal in die Augen sehen zu müssen.«

»Auch wahr.« Er nahm sie in den Arm. »Glaubst du, dass dieser Spuk bald ein Ende haben wird?«

»Willst du das wissen, weil du dich um mich sorgst, oder um herauszukriegen, wann du wieder zu deinem Vater zurück kannst?«

Er sah sie müde an. »Wenn ich ehrlich bin, beides.«

»Dann fahr zu ihm. Ich komme hier zurecht, versprochen. Ich kann absolut verstehen, wie wichtig dir das ist.«

»Nein. Zumindest heute bleibe ich. Vielleicht ergibt sich ja etwas aus der Information. Morgen entscheide ich aufs Neue, falls das für dich in Ordnung ist.«

»Natürlich. Danke, dass du da bist.« Sie küsste ihn leidenschaftlich.

Er trat ein und legte den Stapel Post auf der Kommode im
Flur ab. Als er in der Küche am Kaffeetisch saß, summte
sein Handy. Er öffnete WhatsApp und sah, dass Raffael
Göbel ihm ein Foto von einem Blatt Papier geschickt
hatte. Nachdem er das Bild vergrößert und die ersten
Zeilen überflogen hatte, fluchte er laut. »Dieser Idiot, ich
wusste es! Der ist doch total durchgeknallt.«

Er sprang auf und lief im Zimmer auf und ab. Niemand
auf dem Revier und im persönlichen Umfeld wusste etwas
über seine bisexuellen Neigungen. Mit Raffael hatte er
lange Zeit eine Affäre gehabt. Nach der Sache mit Hannah
Bindhoffer war ihm allerdings die Lust auf jede Art
Beziehung gründlich vergangen. Er hatte sich
zurückgezogen, Trübsal geblasen und den Liebhaber in die
Wüste geschickt. Monatelang ließ der jedoch nicht locker
und versuchte immer wieder, ihn umzustimmen. Er
schickte Geschenke, lauerte ihm im Supermarkt auf oder
besuchte seine Mutter. Als es Stefan Wagner zu bunt
wurde, fuhr er in Raffaels Wohnung, klingelte Sturm und
schlug ihm hart ins Gesicht, als er ihm freudestrahlend
öffnete. »Ich hoffe, du kapierst jetzt endlich, dass ich
keine Lust mehr auf dich habe. Es gibt genug andere, die

mir bei Bedarf einen blasen, also lass mich in Ruhe.«
Danach schien Raffael kapiert zu haben, dass es vorbei
war.

»Und jetzt die Scheiße hier.« Er blickte wütend auf den
Brief in seinen Nachrichten. »Jeder wird wissen, dass ich
es auch mit Männern treibe. Mein Ruf ist im Eimer, ich
kann mich direkt einsargen lassen.« Hektisch hin und her
laufend, grübelte er über mögliche weitere
Vorgehensweisen nach.

Minuten später blieb er abrupt stehen und grinste. »Du
hast die Rechnung ohne den Wirt gemacht, mein Freund.
Quid pro quo, wie Hannibal Lector sagen würde. Ich
glaube, deinen Chef interessieren deine gefälschten
Versicherungsabschlüsse brennend. Nicht auszudenken,
was passiert, wenn er merkt, dass die alten Herrschaften
keine Ahnung haben, dass sie Geld für Versicherungen
bezahlen, die sie nie abgeschlossen haben. Ich kann
meinen Mund halten, lieber Raffael, und ich wette du
auch.«

Er lachte, griff nach seinem Handy und wählte Raffaels
Nummer.

Als er das Telefongespräch mit Stefan Wagner frühzeitig beendete, indem er einfach auflegte, tobte er. Er warf die Wassergläser, die vor ihm auf dem Tisch standen, nacheinander an die Wand. »Wie kannst du Dreckskerl es wagen, mich so zu behandeln, nach allem, was ich für dich getan habe? Ich weiß, dass du immer wolltest, dass die Schlampe Bindhoffer endlich eine Lektion erhält. Statt mir dankbar zu sein und auf Knien zu flehen, dass ich zu dir zurückkomme, drohst du mir? Du willst mich verpfeifen und mir die Bullen auf den Hals hetzen?« Er trat hart gegen die Schranktür und schüttelte den Kopf. »Das kann nicht wahr sein. Hannah Bindhoffer trägt die Schuld, für das Ende unserer Beziehung. Ohne ihre Meldung wäre dein Treiben unentdeckt geblieben und du hättest nicht entschieden, den Kontakt zu mir abzubrechen. Die Schlampe hätte damals nur ihr Maul halten müssen. Aber nach deiner Drohung werdet ihr beide zahlen. Zuerst sie«, er deutete auf das Gebäude des Polizeipräsidiums, »und dann du!« Mit verzerrter Miene zog er mit dem Zeigefinger eine waagrechte Linie über seinen Hals. »Ich schwöre, du wirst keinen neuen Liebhaber und keine Frau mehr anrühren. Dafür sorge ich, und die Show kann sofort beginnen.«

Er atmete tief durch, nahm ein Gewehr mit Zielfernrohr aus der Tasche, setzte sich ans Fenster und schaute geduldig auf den Parkplatz vorm Revier.

»Der Boss ist im alten Fall auf einen Mann gestoßen, der bereits aktenkundig ist. Ich frage mich, ob er den Schlüssel zur Lösung gefunden hat.«

»Prima, dann ist er ja im Zug beschäftigt. Seine Fahrt dauert ein paar Stündchen und er hat dir ausdrücklich zu verstehen gegeben, dass du dich ausschließlich um Hannahs Fall kümmern sollst. Hände weg von den Cold Cases.«

»Aber wir könnten bis Hannah zurück ist, doch mal einen Blick in seine Ermittlungsergebnisse werfen.«

»Was wollt ihr machen und wer ist lange unterwegs?«, fragte die Kommissarin grinsend, als sie gemeinsam mit Herrn Doktor Winterherbst das Büro betrat.

Hardy wurde rot bis in die Haarspitzen. »Och, wir dachten daran, uns eine alte Fallakte zu schnappen und diese beim Chinesen noch einmal durchzugehen.«

»Und der ist seit neustem nicht mehr hier in Rüsselsheim?«, erwiderte Hannah erstaunt.

»Doch, wieso?«

»Na, dann kann die Anreise kaum allzu lange dauern, oder?«

Çetin räusperte sich vernehmlich. »Du bringst da zwei Dinge durcheinander, Kollegin. Der Boss muss zu einer

Versammlung nach Hannover. Es geht um irgendein neues internes System zur Vernetzung der Polizeistationen.«

»Ach ja, davon habe ich noch gar nichts gehört oder gelesen«, erwiderte die Kommissarin irritiert.

»Ist auch erst in der Planung, und Mitheimer hilft mit«, beeilte Hardy sich zu antworten. »Sie checken nur, ob alles funktioniert wie geplant.«

»Verstehe«, sagte Hannah und warf Cornelius einen fragenden Blick zu. »Wollen wir nachsehen, ob wir etwas mehr zu Raffael Göbel herausbekommen können?«

»Sicher, wenn du meinst, dass uns das weiterbringt.«

»Ich wüsste nichts, was ich im Moment sonst noch tun kann, um dem Kerl auf die Spur zu kommen.«

»Wer ist das?«, fragte Hardy aufhorchend.

»Der Typ, der hier auf dem Revier aufgetaucht ist und nach mir verlangt hat.«

»Woher weißt du das?«

»Becker hat mich vorhin angerufen. Irgendwer auf der Polizeistation in Hamburg hat ihn erkannt. Nun versucht er herauszubekommen, ob dieser Raffael Göbel in irgendeiner Weise mit Wagner in Verbindung steht. Sie suchen bereits nach ihm.«

»Weiß Winterherbst davon?«, erkundigte Çetin sich.

»Keine Ahnung. Aber ich werde ihn jetzt nicht damit behelligen, schließlich hat er anderes im Kopf.«

»Deine Entscheidung«, sagte Hardy und gab seinem Kollegen ein Zeichen zum Aufbruch. »Wir sehen uns später, viel Erfolg, Hannah.«

»Danke, bis nachher.«

*

Noch auf dem Flur informierte der Kommissar seinen Vorgesetzten über den Verdächtigen Raffael Göbel.

Raffael atmete tief aus, als er die Kommissarin aus dem Auto aussteigen sah. *Da bist du ja endlich.* Er zielte auf ihren Kopf, als ein Kerl, der mit ihr im Wagen gesessen hatte, in seine Schusslinie trat. Einen Augenblick ärgerte er sich über die verpasste Chance, doch dann kam ihm eine andere Idee. Weshalb sollte er es diesem Miststück so leicht machen? War es nicht viel besser, jemanden zu töten, den sie mochte? Ihr Kummer zuzufügen, an dem sie ewig zu knabbern haben würde? Der unbekannte Mann auf dem Parkplatz legte den Arm um die Polizistin. *Perfekt, jetzt weiß ich auch, wen ich ins Jenseits befördern muss, um der Schlampe richtige Qualen zu bereiten.* Als er erneut anlegte, fuhr ein zweiter Wagen heran, der ihn für den Bruchteil einer Sekunde ablenkte. Er sah, dass es sich um einen der Polizisten aus ihrer Abteilung, Axel Neumann, handelte. *Ein Hoch auf das Internet, das es mir so leicht gemacht hat, vieles bereits im Vorfeld zu erkunden. Ich weiß, wie deine Kollegen aussehen und welche Positionen sie innehaben. Danke, World Wide Web.*

Als er den Blick wieder auf die Kommissarin richtete, öffnete sie die Eingangstür und verschwand nebst Begleiter im Gebäude. Er lehnte sich zurück, kramte eine

Zigarre aus seiner Tasche und zündete sie an, das Rauchverbot ignorierte er. *Wenn ich etwas im Überfluss habe, dann ist es Zeit,* dachte er und paffte genüsslich eine dicke Rauchwolke in den Raum.

Hannah deutete auf den Bildschirm. »Wenn die Polizeidatenbanken nichts zutage fördern, ist Google unser Freund. Schau, wie viele Treffer es zu Raffael Göbel in Hamburg gibt.«

Cornelius stieß einen leisen Pfiff aus. »Der ist ja mächtig aktiv. Die meisten Links betreffen eine Mitarbeit in einer Organisation, die sich Pro Homo nennt.«

Hannah nickte. »Er ist dort im Vorstand und zuständig für die Öffentlichkeitsarbeit.«

»Könnte das bedeuten, dass dein Ex-Kollege schwul ist?«

»Ich weiß, dass er hinter jedem Rock her war, aber es ist durchaus denkbar, dass er an beiden Geschlechtern interessiert ist. Ich rufe bei Becker an, das sollte er wissen. Nur für den Fall, dass er noch keine Zeit hatte, eine Suchmaschine zu Rate zu ziehen.« Sie kramte in ihrer Handtasche und fluchte. »So ein Mist, mein Handy muss ich im Auto liegengelassen haben.«

»Telefoniere übers Festnetz mit ihm«, schlug der Doktor vor.

Sie schüttelte den Kopf. »Nein, wer weiß, wer sich dort für Holgers Gespräche interessiert. Womöglich sehe ich überall Gespenster, aber ich bin lieber übervorsichtig.«

Cornelius stand auf. »Damit liegst du verdammt richtig. Du hast schon genug erlebt. Warte, ich hole es dir. Gibst du mir die Schlüssel?«

Die Kommissarin gab ihm die Autoschlüssel und küsste ihn zärtlich. »Du bist ein Goldstück. Ich checke in der Zwischenzeit, was ich noch über diesen Raffael Göbel finde.«

»Mach das«, erwiderte er und verließ den Raum.

Hannah übersprang einige Links, die alle von Aktivitäten der Organisation berichteten. Als sie auf die nächste Seite klickte und die uninteressanten ersten Einträge überflogen hatte, hielt sie den Atem an. Der Kerl war nicht nur Mitglied bei Pro Homo, sondern auch mehrfach als Schützenkönig im Schützenverein gekrönt worden. Diese Information machte ihr unmissverständlich klar, dass sie tatsächlich in Lebensgefahr schwebte. *Die Handybombe hat bereits für sich gesprochen, aber ich habe wieder alles verharmlost und heruntergespielt. Damit ist jetzt Schluss.*

»Ja, meine Hosen sind gestrichen voll«, sagte sie laut in den Raum und stand auf, um aus dem Fenster zu sehen.

Hartmut stand in der Hecke neben der Terrassentür, die Hände in den Hosentaschen zu Fäusten geballt. Da drinnen saß seine große Liebe und telefonierte mit Nicola. Schmiedete Pläne, um ihm auf die Schliche zu kommen. Er musste zugeben, dass die Freundin offensichtlich nicht auf den Kopf gefallen war. Denn wenn er die belauschten Worte richtig interpretierte, war sie bereits auf die K.-o.-Tropfen gekommen. Er sollte schnellstens herausbekommen, wo sie wohnte, und ein paar Takte mit ihr sprechen. Ihr unmissverständlich klarmachen, dass sie sich aus der Sache heraushalten sollte. *Weißt du eigentlich, wie abartig du mittlerweile denkst?* Er schüttelte missbilligend den Kopf. *Wie soll diese Freundin dich verstehen? Du kapierst ja selbst kaum, was du tust und wie sehr dich dein Verlangen verändert hat. Du musst dir etwas überlegen, sie austricksen, um sie auf deine Seite zu bringen. Aber sie wird dir unmissverständlich klarmachen, dass du nicht mehr normal bist.*

Er tänzelte ein paar Mal hin und her und überlegte, ob er hineingehen und Lydia mit dem Gehörten konfrontieren sollte. *Nein, sie will mich nicht sehen, damit mache ich es nur noch schlimmer. Respektiere diesen Wunsch für den Moment. Wie soll sie dir je vertrauen, wenn sie merkt, dass du sie belauschst?* Erneut schüttelte er energisch den Kopf. *Was für dumme Gedanken! Sie wird dir nie mehr glauben, falls sie herausbekommt, dass du ihr K.-o.-Tropfen gegeben und gegen ihren Willen in ihr Bett gestiegen bist.*

Die Stimmen der Klassenkameraden hallten laut und höhnisch in seinem Kopf. »Hartmut, der Blödmann. Seht nur, in was für einen Schlamassel er sich geritten hat. Er belügt sie, betrügt sie und schafft es nicht, eine Lösung zu finden. Dumm wie Stroh ist der Hartmut sowieso.«

Er steckte die Finger in die Ohren und wartete darauf, dass die Stimmen im Kopf verstummten. Doch sie setzten ihren Singsang unbeirrt fort und wurden mit jeder Wiederholung lauter. »Dumm wie Stroh!« Er wandte sich um, kletterte über den Zaun und rannte, begleitet vom Spottlied der Mitschüler, davon.

Josef Mitheimer saß, den eingeschalteten Laptop auf den Knien, in seinem Abteil und versuchte mit Holger Becker zu telefonieren. Dabei musste er immer wieder abwarten, bis das Netz ausreichte, um eine Unterhaltung ohne Unterbrechungen zu führen.

»Er behauptet, den Namen Raffael Göbel nie gehört zu haben«, erklärte ihm der Kollege aus Hamburg, als der Zug erneut durch einen Tunnel raste und der Rest des Satzes unverständlich blieb.

»Was sagten Sie gerade?«

»Wagner behauptet, den Kerl nie gesehen zu haben. Allerdings bin ich mir relativ sicher, dass er lügt. Er war schon ausgesprochen hibbelig, als ich bei ihm ankam. Irgendetwas ist da im Busch, und er will partout vermeiden, dass wir es herausbekommen. Und dieser Göbel ist auch nirgendwo aufzutreiben.« Mitheimers Alarmglocken schrillten auf. Lag der Kerl schon wieder auf der Lauer? Er musste noch einmal mit Hartmann telefonieren.

»Sind Sie noch bei Wagner?«, erkundigte er sich bei seinem Kollegen.

»Nein, leider wurde ich zu einem Einsatz gerufen. Deshalb werde ich Sie vermutlich auch nicht auf dem Revier treffen. Am besten, Sie gehen direkt in Ihr Hotel, und ich melde mich bei Ihnen, wenn wir hier durch sind. Ziemliche Schweinerei, das kann dauern.«

»Ist es möglich, dass ich allein zu Stefan Wagner fahre?«

»Das können Sie selbstverständlich. Dort dürfen Sie allerdings keinesfalls als Polizist auftreten. Deshalb glaube ich, dass er Sie vermutlich nicht einmal in die Wohnung lässt. Ich denke, es ist klüger …« Erneut wurde die Verbindung kurz unterbrochen. Entnervt wartete Mitheimer, bis sich ein Balkon im Display zeigte, doch der Kollege war nicht mehr in der Leitung.

»Umso besser.« Er lächelte. Wie der Rest der Anweisungen und Verbote von Herrn Becker ausgesehen hätten, wusste er ohnehin. Er versuchte das unterschwellige ungute Gefühl wegen Göbel zu unterdrücken, als er bei Jens Hartmann anrief. Dieser versicherte ihm, dass Hannah in Sicherheit war und mit Cornelius im Büro saß. Zufrieden gab Mitheimer den Namen Raffael Göbel in die Suchmaske von Google ein und glaubte nach einem raschen Blick auf die ersten Ergebnisse zu wissen, was Stefan Wagner um jeden Preis zu verheimlichen versuchte.

»Ach daher weht der Wind. Da klopfe ich doch einfach mal auf den Busch.« Kurz überlegte er, Herrn Becker erneut zu kontaktieren, verwarf den Gedanken jedoch rasch. »Der hat im Moment andere Sorgen«, erklärte er dem leeren Abteil und griff nach dem Bordmagazin.

Raffael konnte sein Glück kaum fassen, als er aus dem Fenster blickte und sah, dass der Freund des Polizei-Miststücks allein auf dem Parkplatz stand. *Hast du es gerochen und willst mir den Gefallen erweisen, ein leichtes Opfer zu werden?*

Grinsend hob er das Gewehr und nahm den Mann durch das Zielfernrohr ins Visier. Da er sich in gemütlichem Gang vom Fahrzeug wegbewegte, war es für Raffael kein Problem, exakt zu zielen. Bereits der erste Schuss versprach ein Volltreffer zu werden. Er öffnete das Fenster, lachte kurz auf, holte tief Luft, um nicht zu verzittern, und drückte ab. Im Bruchteil einer Sekunde brach die Zielperson auf dem Parkplatz zusammen. *Der Kerl hatte nicht mal Zeit zu kapieren, dass es ab zu den Engeln geht,* dachte er befriedigt. Rasch schloss er das Fenster und zog die Gardine so weit über die Scheibe, dass nur ein winziger Spalt zum Beobachten frei blieb. *Ich bin gespannt, wie lange es dauert, bis sie merkt, dass ihm etwas passiert ist.*

Zur Feier seines gelungenen Angriffs überging er zum zweiten Mal an diesem Tag das Rauchverbot und griff nach einer Zigarre. Auch ein Schlückchen Cognac schien ihm angebracht. Er kontrollierte den Inhalt der Minibar und fand eine kleine Flasche Remy Martin. »Sieh an, nicht meine Lieblingssorte, trotzdem besser, als den Zimmerservice zu rufen«, sprach er kichernd in den Kühlschrank. »Schließlich sind Leute schon wegen weniger als einer verbotenen Rauchwolke im Hotelzimmer gefasst worden.« Er lachte erneut laut auf. »Aber die Bullen da drüben haben keine Ahnung, dass ich direkt vor ihrer Nase sitze. Ein Grund mehr, die anstehende Show auf dem Parkplatz von einem Logenplatz zu genießen.« Er stellte sich das Gesicht von Stefan Wagner vor, wenn dieser erfuhr, dass er trotz seiner Drohung gegen ihn ernst gemacht hatte. »Und falls du mich weiter abweist, könntest du als nächster in meinem Zielfernrohr auftauchen.« Er linste durch die Vorhänge und sah, dass eine männliche Person unten auf dem Parkplatz neben dem Kerl kniete.

Während Hannah vom Fenster zurücktrat, sah sie aus dem Augenwinkel Cornelius auf den Wagen zugehen. *Er wird mich für bescheuert halten, wenn er nach oben schaut und bemerkt, dass ich ihn beobachte.* Sie las die Informationen auf der Webseite des Schützenvereines genauer durch. Dieser Raffael Göbel schien mit allen Waffenarten ausgezeichnet umgehen zu können. In den Bestenlisten der vorangegangenen Jahre stand er fast durchgängig auf Rang eins der Schützen. Sie stieß auf eine Fotografie der Preisverleihung vom Mai 2014. In der Mitte posierte Raffael Göbel, umrahmt von zwei weiteren Mitstreitern, auf dem Siegerpodest. Die drei Männer hielten strahlend ihre Medaille in die Kamera. Hannah stutzte, als sie ein Gesicht in der Menge der Zuschauer entdeckte. Stefan Wagner lächelte versonnen und klatschte wie alle anderen im Publikum Beifall.

»Du kennst ihn also doch«, rief sie triumphierend aus, als das Telefon auf ihrem Schreibtisch zu klingeln begann. Sie griff, verärgert über die Störung, zum Hörer. »Bindhoffer.«

»Kommen Sie bitte sofort nach unten auf den Parkplatz. Es ist etwas passiert.« Hannah erstarrte. *Cornelius,* dachte sie panisch und rannte die Treppe hinunter. Die Sirenen des herankommenden Rettungsfahrzeugs hörte sie wie durch Watte. Sie blickte auf die Schuhe des Mannes, der reglos neben ihrem Fahrzeug lag. Unfähig sich auch nur einen Millimeter auf ihn zuzubewegen, stand sie mit tränenfeuchtem Gesicht da und schrie ihren Schmerz laut heraus. Der Polizeibeamte, der am Empfang hinter der Glasscheibe Dienst schob und sie noch vor einer halben Stunde freundlich begrüßt hatte, kam zu ihr.

»Sie kennen den Mann, Frau Bindhoffer, stimmt's? Er hat sie vorhin begleitet.«

Sie nickte stumm. In ihrem Kopf lief das letzte Gespräch mit ihm in Endlosschleife ab. Warum nur war er zum Auto gegangen? Was hatte sie geritten, ihn anzurufen und ihm von der Sache zu erzählen? Wäre sie standhaft geblieben, läge er nicht dort auf dem Parkplatz, den Kopf in einer Blutlache. Sie versuchte, sich zu sammeln und fragte stammelnd: »Ist er tot?«

Der Beamte zuckte die Schultern. »Ich bin hier dringeblieben und habe den Rettungsdienst verständigt. Blum ist sofort zu ihm gerannt.« Hannah nickte und lief langsam zu der Stelle, an der Cornelius am Boden lag. Sie ging in die Knie, legte ihren Kopf auf seine Brust und lauschte. Wie betäubt streichelte sie ihm übers Haar und hörte ihr eigenes lautes Weinen wie aus weiter Ferne. Als das Schlagen der Tür des Rettungsfahrzeugs sie aus ihrer Starre riss, machte sie bereitwillig Platz für die

Rettungskräfte. »Ich fürchte, Sie kommen zu spät«, flüsterte sie ihnen zu, bevor sie sich umdrehte und ohne ein Ziel davonrannte.

Der Anruf erreichte Hardy, als sein Finger bereits über der Klingel am Haus Nummer siebzehn schwebte. Er lauschte angespannt. »Verstanden, wir sind auf dem Weg«, gab er knapp zurück und beendete das Gespräch.

»Was ist passiert?«, fragte Çetin sofort.

»Wir müssen zum Präsidium. Jemand hat auf unseren Doc geschossen!«

»Was?«, riefen seine Kollegen wie aus einem Mund.

»Ja, unfassbar. Einzelheiten erfahren wir dort. Ich habe nicht lange nachgefragt. Ich weiß nur, dass Hannah völlig kopflos davongerannt ist.«

Sie stiegen rasch ins Auto, und Hardy setzte das Blaulicht aufs Wagendach. Niemand sprach ein Wort, bis sie mit quietschenden Reifen auf den Parkplatz vor dem Polizeipräsidium einbogen. Der Rettungswagen war bereits davongefahren. Hardy trat zu der Gruppe Beamter vor dem Präsidium und fragte angespannt: »Weiß irgendwer etwas über den Zustand von Doktor Winterherbst?«

Ein junger Polizist stellte sich als Robin Blum vor und erklärte, dass er gerade eingeparkt hatte, als der Schuss fiel. »Die Sanitäter haben ihn sofort in den Rettungswagen gebracht, wie es um ihn steht, kann ich Ihnen also nicht sagen.«

Hardy nickte traurig. »Waren Sie hier und haben etwas beobachtet?«

»Ich bin aus dem Wagen gesprungen und habe rüber zum Hotel geschaut. Ich sah, wie ein Fenster geschlossen wurde.«

»Und war dort jemand zu sehen?«

Der Mann zuckte die Schultern. »Keine Ahnung. Ich konnte kaum etwas erkennen und bin schnellstens zu dem Verletzten gelaufen.«

»So eine verfluchte Scheiße«, rief Neumann und lief in Richtung des Hotels los. »Der ist vermutlich längst über alle Berge. Welcher Stock?« Der Polizist begann die Fensterreihen nach oben abzuzählen. «Fünfter oder Sechster, ich kann es nur ungefähr schätzen.«

»Du gehst da nicht allein rein«, rief Çetin seinem Kollegen hinterher. Ich rufe das SEK.«

»Mach das, ich gehe rüber und sehe mich um.«

»Untersteh dich«, schrie Hardy und rannte hinter dem jungen Beamten her. »Bleib stehen und hör auf, den Helden zu spielen!«

»Werde ich nicht, Ehrenwort. Seht ihr zu, dass ihr Hannah findet und dem Boss Bescheid gebt. Ich verspreche, ich betrete kein Zimmer, bis Verstärkung da ist.«

»In Ordnung, aber ihr geht zu zweit. Warte auf Çetin.«

Hardy lief rasch zurück zum Parkplatz.

»Neumann ist stehengeblieben und wartet auf dich. Geh rüber und unterstütze ihn.«

»Das ist doch Wahnsinn.« Çetin schüttelte fassungslos den Kopf. »Ist dir klar, dass der Kerl ein exzellenter Schütze ist? Mit einem einzigen Schuss hat er den Doktor präzise getroffen und das von da oben.« Er deutete zum Hotel. »Da glaube ich kaum, dass es eine gute Idee ist, allein in das Zimmer zu spazieren.«

»Sollt ihr ja auch nicht. Ihr bleibt weg von ihm. Fragt an der Rezeption, ob ein Raffael Göbel eingecheckt hat.«

»Denkst du, der ist so dämlich, unter seinem richtigen Namen einzuchecken?«

Hardy nickte. »Ja, das glaube ich. Der ist so davon überzeugt, dass wir ihn nie schnappen, dass er genau das getan hat.« Er wandte sich an Robin Blum. »Haben Sie gesehen, wie der Mann am Fenster aussah?«

»Dunkle Haare, mehr konnte ich nicht erkennen.«

»Hast du das Foto von der Überwachungskamera auf deinem Handy?«

Çetin verneinte. »Dann geh jetzt rüber zu Neumann, ich schicke es dir, nachdem ich der Kavallerie Bescheid gegeben habe. Damit wird das Personal an der Rezeption hoffentlich etwas anfangen können.«

»Wie kannst du nur so cool bleiben?«

»Das bin ich überhaupt nicht. Ich sag dir, mir geht der Arsch auf Grundeis, aber es hilft ja niemandem, wenn jeder kopflos durcheinander rennt. Und jetzt sieh endlich zu, dass du rüber zu Axel läufst, denn der ist alles andere als besonnen. Lässt du ihn weiter warten, stürmt er das Hotel allein. Da bin ich sicher.«

»Okay, versuch du in der Zwischenzeit Hannah zu finden und etwas über den Zustand des Docs in Erfahrung zu bringen«, antwortete Çetin und spurtete los.

Sie hatte Cornelius in den letzten Jahren lieben gelernt …

Hannah stoppte erst, als sie das kleine Waldgebiet erreichte. Völlig außer Atem warf sie die Arme in die Luft und japste. Sie wollte nur wegrennen. Rannte, ohne nach rechts und links zu sehen, wie automatisch. Mit einer angenehmen Leere im Kopf, die sie voranbrachte und zu Höchstleistungen anspornte, kam sie rasch ans Ziel. Nun aber drängten die Bilder der vergangenen Minuten in ihr Bewusstsein. Sie überlegte einen Augenblick, ob sie einen weiteren Zielort anvisieren sollte, nur um in Bewegung zu bleiben und das Nachdenken hinauszuzögern. Doch ihr wurde klar, dass ein Lauf à la Forrest Gump das Unvermeidliche lediglich verzögerte.

Du stehst hier und überlegst, ob du rennen oder dich erinnern und handeln sollst, während Cornelius vermutlich bereits auf dem Weg zum Obduktionstisch ist. Ob Frau Doktor Listner seine Nachfolgerin wird, fragte sie sich im Geiste und schüttelte den Kopf. *Auf was für verworrene Dinge man kommt, wenn die Seele versucht, sich vor der grässlichen Wahrheit zu schützen.* Mit dieser Erkenntnis brach ihr Schutzwall, den sie für ein paar kostbare Minuten aufrechterhalten hatte. Das Bild von Cornelius, der mit einer riesigen blutenden Wunde neben ihr auf dem Boden des Parkplatzes lag, flammte als überdeutlicher Flashback vor ihren Augen auf. »Nein«, brüllte sie aus Leibeskräften und sackte zusammen. Sie sank auf den Waldboden und wimmerte leise und verzweifelt, während ihr Gedankenkarussell wild kreiste.

Ich muss zu ihm. Ich kann nichts mehr für ihn tun. Ich will ihn berühren. Er ist tot. Trotzdem, er ist allein. Das ist ihm gleichgültig, er ist gestorben.

Wie ein Pingpongball flogen ihre Gedanken hin und her. Hannah wiegte den Oberkörper und wischte mit den Händen über ihr tränennasses Gesicht.

Wann habe ich ihm zuletzt gesagt, dass ich ihn liebe? Hat er es jemals ausgesprochen? Sein Haar roch immer toll. Ich werde es nie mehr anfassen können.

Rasant und kaum greifbar huschten die Überlegungen durch ihren Kopf.

Ich wollte ihn so gerne meiner Familie vorstellen und ihm Hamburg zeigen. Er schien es für keine gute Idee zu halten. Ich muss aufhören, mich mit den Dingen zu quälen, die nicht perfekt gelaufen sind. Es gab viele wunderbare gemeinsame Stunden. Klar gab es die. Hör auf damit, Hannah. Cornelius ist tot, erschossen von einem Irren, der vermutlich mir eine Kugel in den Kopf jagen wollte.

Eine Woge übermächtiger Wut holte die Kommissarin aus ihren quälenden Gedanken. Mühsam erhob sie sich und lief den Weg zurück zum Präsidium. An der Ecke hupte ein Wagen, in den sie beim Überqueren der Stahlstraße auf Höhe des Bäckerladens fast hineinlief. *Reiß dich zusammen, Hannah, zumindest bis du bei den Kollegen angekommen bist. Cornelius würde nicht wollen, dass du so handelst.* Den Blick von Tränen verschleiert, die unablässig ihre Wangen hinabliefen, griff sie an ihre Hosentasche, um das Handy herauszuziehen. Ein bitterer Gedanke stieg in ihr auf. *Er ist nach unten gelaufen, um es zu holen. Er wollte mir einen Gefallen tun. Es ist allein meine Schuld. Ich bin verantwortlich für das, was geschehen ist.* Hannah blieb stehen und presste beide Hände auf die Brust.

Ist dieses schmerzhafte Stechen eine psychische Reaktion auf die Trauer und meine Verzweiflung? Soll mich doch der Schlag treffen. Viel gnädiger könnte das Schicksal kaum sein.

Sie blieb einen Moment stehen und atmete gleichmäßig ein und aus. Dann schüttelte sie energisch den Kopf. *Nein, zuerst ist jemand anderer an der Reihe,* dachte sie entschlossen und lief weiter.

Çetin hielt dem Herrn an der Rezeption den Dienstausweis entgegen und fragte nach Raffael Göbel, ohne sich mit Höflichkeiten aufzuhalten. Nervös trat er von einem Fuß auf den anderen, während der Hotelangestellte den Bildschirm vor ihm studierte. »Nein, tut mir leid. Einen Gast mit diesem Namen …« Der Kommissar zeigte ihm das Foto aus dem Überwachungsfilm. »So sieht er aus. Ist er hier?«, fragte er ungeduldig. »Ich kenne den Mann nicht, aber warten Sie einen Moment. Ich frage die Kollegin. Sie haben Glück, es ist gleich Schichtwechsel, deswegen …«

»Interessiert im Augenblick niemanden, machen Sie hin«, schnitt Neumann ihm ärgerlich das Wort ab.

»Schon verstanden«, erwiderte der Angestellte gekränkt. »Ich wollte nur freundlich sein.«

Er lief in einen Raum hinter der Rezeption und kam mit einer Frau mittleren Alters zurück an den Empfangstresen. »Wie kann ich helfen?«

Çetin zeigte ihr das Bild von Raffael Göbel. »Wissen Sie, ob der hier wohnt?«

»Ja«, antwortete sie ohne zu zögern. »Das ist Herr Gerlach. Er hat das Zimmer Nummer 417. Aber ich glaube, ich habe ihn vor ein paar Minuten das Hotel verlassen sehen. Soll ich oben anrufen?«

Neumann schüttelte den Kopf. »Nein. Falls er doch da ist, warnt ihn das vor. Was meinst du?«

»Ich gehe zu Fuß hinauf, du nimmst den Fahrstuhl. Wenn er abgehauen ist, können wir ohnehin nicht viel ausrichten. Trotzdem sehen wir nach und pfeifen das SEK zurück, bevor die umsonst anrücken. Und jetzt noch mal überdeutlich für dich, Axel: Wir halten höchstens ein Ohr an die Tür und marschieren in keinem Fall ins Zimmer. Ist das klar?«

»Ja«, erwiderte Neumann gelangweilt und lief zum Lift. »Wir sehen uns oben.«

»Zum Treppenhaus geht es dort entlang«, erklärte die Frau an der Rezeption, als sie Çetins suchenden Blick bemerkte. Er nickte und ging rasch zur Treppe.

Er saß seit Stunden tatenlos am Küchentisch und stopfte sich mechanisch eine Handvoll Chips nach der anderen in den Mund. Er musste einen Weg finden, an die Adresse von dieser Nicola zu gelangen. Er durfte nicht zulassen, dass sie ihm ins Handwerk pfuschte. Zunächst erwog er, sie einfach im Telefonbuch zu suchen, doch er wusste nicht einmal ihren Nachnamen. Er ging zu seinem Rechner und schaltete ihn ein. Möglicherweise brachte eine Suchanfrage mit den Begriffen Nicola und Rüsselsheim beziehungsweise Raunheim ihn weiter.

Die Willkommensmelodie des Betriebssystems weckte neuen Kampfgeist in ihm. Rasch rief er Google auf und tippte die Angaben in die Suchleiste. Sekunden später erkannte er, dass er so nicht weiterkam, die Suchmaschine listete viel zu viele Ergebnisse auf.

Hartmut überlegte, wen er anrufen konnte, um sich nach Nicola zu erkundigen, ohne Misstrauen zu wecken. Im Geist ging er die Anwesenden der Trauerfeier durch. Außer Susis Mutter, der er den Bären der alten Schulfreundschaft aufgetischt und aufrichtige Anteilnahme vorgespielt hatte, fiel ihm niemand ein, den er fragen konnte. *Warum auch nicht,* dachte er lächelnd. Das vorangegangene Gespräch mit Frau Dettmann kam ihm in den Sinn. Er wusste, dass die Mutter seine

Behauptungen genauer hinterfragt hätte, wenn die Unterhaltung unter anderen Umständen geführt worden wäre. Doch sie schien nur am Rande registriert zu haben, dass er behauptete, mit Susi im Schuljahrgang gewesen zu sein. Geistesabwesend lächelnd hatte sie ihn gebeten Platz zu nehmen.

Er suchte die Telefonnummer von Frau Dettmann heraus, griff nach dem Telefon und rief an. »Guten Abend, hier spricht Ralf. Erinnern Sie sich an mich?«

»Ja, der nette junge Mann aus Susis Schule, oder?«

»Genau«, gab er erstaunt darüber zurück, dass die Mutter ihn ohne Probleme einzuordnen wusste.

»Du kannst ruhig du sagen, schließlich gehörst du zum Freundeskreis meiner Tochter.«

Er merkte, dass sie kurz davor stand zu weinen, weshalb er rasch antwortete. »Gerne. Entschuldige bitte die späte Störung, aber ich muss dich etwas fragen. Nicola wollte, dass wir ein paar Fotos aus der Schulzeit austauschen.« *Hoffentlich ist die überhaupt von hier,* dachte er erschrocken, als er den Satz bereits ausgesprochen hatte.

Sie antwortete: »Wunderbare Idee.«

Er atmete erleichtert aus. »Du hast sicher auch noch Bilder aus dieser Zeit, oder? Wenn du magst, komme ich die Tage vorbei und wir sehen sie gemeinsam durch«, fügte er rasch hinzu, um von seinem wesentlichen Anliegen abzulenken.

»Ich wusste gar nicht, dass du länger hierbleibst.«

Mist, nächster Denkfehler. Was sage ich jetzt?

»Das hat sich eher zufällig ergeben. Meine Firma betreut Speditionen in Softwareangelegenheiten. Es gibt Probleme in einem Laden in Kelsterbach. Und weil ich in der Nähe bin, bat mich unser Chef, hierzubleiben und das in Ordnung zu bringen«, antwortete er improvisierend.

»Verstehe«, erwiderte sie ohne einen Funken von Misstrauen in der Stimme.

So langsam werde ich Fachmann in diesen Dingen, dachte er zufrieden. »Aber zurück zu Nicola. Die Sache ist, dass ich ihren Nachnamen vergessen habe, beziehungsweise vermute, dass sie in der Zwischenzeit geheiratet hat und sowieso anders heißt.«

»Ich denke, du sprichst von Nicki Schwarzer, oder?«

»Ja«, antwortete er vergnügt. »Genau die meine ich. Sie heißt noch immer so?«, fragte er kühn und hoffte auch dieses Mal, das Glück auf seiner Seite zu haben.

»Klar. Sie hat sich wie viele Mädchen aus eurem Jahrgang bisher erfolgreich um eine Ehe gedrückt. Susi war da …«

»Mensch, Frau Dettmann. Es tut mir so leid wegen Susanne. Ich wünschte, ich könnte sie dir zurückgeben oder dich irgendwie trösten.«

»Hast du sie gerade Susanne genannt?«

»Äh ja, warum?«

»Niemand außer ihrem Vater nannte sie so. Und auch niemand in der Schule.«

Verflucht, jetzt hab ich es verbockt. Doch ihm blieb wenig Zeit, um zu versuchen, das Missgeschick auszubügeln.

»Ab und an haben wir das aus Spaß gemacht, und Susi hat sich mächtig darüber geärgert«, improvisierte er ein weiteres Mal. »Entschuldige, ich wollte dich damit nicht aufregen. Ich melde mich wieder, in Ordnung?«

»Lassen Sie es gut sein«, gab sie mit kalter Stimme zurück. »Wer immer Sie in Wirklichkeit sind, ich verbitte mir jeden weiteren Kontakt, verstanden?«

Hartmut sah verdutzt aufs Telefon. Frau Dettmann hatte einfach aufgelegt. Doch er besaß die Information, die er brauchte. Um die möglichen Folgen seines Anrufs konnte er sich später kümmern.

*

Frau Dettmann blieb eine Weile im Flur neben dem Telefon stehen und überlegte, ob sie dem jungen Mann auf die Schliche kommen wollte. Doch dann winkte sie ab. *Bestimmt war er in der Schule in Susi verliebt und will nur ein paar Erinnerungen aufleben lassen,* versuchte sie sich zu beruhigen. Das flaue Gefühl im Bauch blieb jedoch bestehen.

Axel Neumann lief zielstrebig auf Zimmer Nummer 417 zu. Er hoffte, dass die Frau an der Rezeption sich geirrt hatte und der Kerl noch im Hotelzimmer hockte. Er nutze die schalldämpfende Eigenschaft des Flurläufers und schlich sich lautlos an. Für den letzten Schritt über den Fußboden zog er die Schuhe aus. Vorsichtig legte er ein Ohr an die Zimmertür und lauschte. Das Rauschen einer Dusche drang deutlich hörbar durch die Tür. *Wusste ich es doch*, dachte er zufrieden und drückte langsam die Türklinke. Entgegen seiner Vermutung schwang die Tür auf.

Der Typ hat nicht mal abgeschlossen, ging es ihm durch den Kopf, als er eintrat. *Muss sich ziemlich überlegen fühlen.* Die Vorhänge verdunkelten das Zimmer, und er erkannte zunächst nur Umrisse. Auf dem Tisch vor dem Fenster lag ein länglicher Gegenstand. Axel vermutete auf das Gewehr gestoßen zu sein. Er lief einen Schritt in den Raum, als er grob zurückgerissen wurde. Çetin stand mit zornigem Gesichtsausdruck hinter ihm und winkte ihn nach draußen. Auf dem Flur zischte er wutschnaubend: »Was habe ich dir eben noch gesagt?«

Neumann errötete. »Aber der duscht doch, hörst du das nicht?«

»Und was, wenn er die Dusche nur aufgedreht hat, um dich hereinzulocken?«

»Okay …«

Çetin bedeutete ihm mit dem Zeigefinger am Mund zu schweigen, und zog leise die Zimmertür wieder zu. Drinnen verstummte das Plätschern des Wassers. »Was machen wir jetzt?«, wollte Axel wissen.

»Hier stehenbleiben und die Tür im Auge behalten. Sonst gar nichts! Das SEK muss gleich hier sein.«

»Hoffentlich«, erwiderte Neumann missmutig, als die Tür aufgerissen wurde.

0 5 . J U L I 2 0 1 6 , N I C O L A

Nicola schaltete ihren Kaffee-Vollautomaten ein, um vor dem Zubettgehen einen Espresso zu genießen. Entgegen der Erfahrung von Freunden, die nach spätem Kaffeegenuss kein Auge zubekamen, schlief sie ohne Probleme ein. Während sie auf das Geräusch wartete, das die Bereitschaft des Gerätes signalisierte, blickte sie aus dem Küchenfenster. Dabei bemerkte sie, dass Jupp strubbelig aussah.

In ihrem Vorgarten standen seit Jahren zwei Schaufensterpuppen, die sie nach Lust und Laune umkleidete und die stets allen Besuchern Freude bereiteten. Zenzi und Jupp, im Augenblick in luftig leichte Sommerkleidung gehüllt und mit Sonnenbrillen ausgestattet, sahen hipp aus. Der Herr des Vorgartens trug zusätzlich ein buntes Stirnband, das verrutscht zu sein schien, das Kunsthaar war wild zerzaust. *Darum kümmere ich mich nachher*, beschloss sie, während sie den Knopf für Espresso drückte.

*

Die Dämmerung setzte bereits ein, als Nicola erneut in die Küche kam, um sich ein verspätetes Abendessen zuzubereiten. Wenn sie in einem Roman versank, vergaß sie Zeit und Raum. Das immer lauter vernehmbare Knurren ihres Magens hatte sie schließlich daran erinnert, dass sie noch nicht gegessen hatte.

Sie holte ein Brett aus dem Schrank und begann Tomaten für einen Salat zu schneiden. Aus den Augenwinkeln sah sie erneut zu den Puppen im Vorgarten.

So ein Mist, euch beide habe ich ganz vergessen. Und es wird Zeit, deine Frisur zu richten, Jupp, dachte sie, als sie die männliche Schaufensterpuppe genauer in Augenschein nahm. Irgendetwas wirkte verändert. In der Dämmerung der Nacht konnte sie jedoch nicht exakt ausmachen, was sie störte. Als sie den Kopf zurück zu den Tomaten drehte, glaubte sie, eine Bewegung wahrzunehmen. »Klar, Jupp ist lebendig geworden und wartet nur darauf, zu dir hinein zu kommen. Dann verliebt ihr euch und werdet das Paar des Jahrhunderts«, rief sie laut in die Küche und lachte. »Schaut so aus, als ob der plötzliche Tod von Susi und die Lektüre des Thrillers mich verrückt gemacht haben. Ich spreche mit meinen Puppen und sehe sie lebendig werden. So geht das nicht Nicola, dem musst du sofort Einhalt gebieten«, ergänzte sie kichernd. Sie wischte die Finger am Geschirrhandtuch trocken und ging in den Vorgarten.

Als sie vor Jupp stand und ihre Hand nach seinem Haar ausstreckte, um es in Ordnung zu bringen, hob er den Arm und hielt sie fest. Nicola schrie entsetzt auf und versuchte sich zu befreien. Der Mann, der die Position der

Schaufensterpuppe eingenommen und lange still ausgeharrt hatte, legte ihr die zweite Hand über den Mund. »Sei still«, zischte er. »Wir gehen rein.«

Er stieß sie nach vorn und trat dicht hinter sie. Nicola spürte, dass er ein Messer an ihr Rückgrat hielt und lief los. Obwohl das Entsetzen sie zu lähmen drohte, spielte sie gedanklich Möglichkeiten durch, wie sie ihm entkommen konnte. *Wenn ich noch einmal schreie, hört mich vielleicht jemand aus der Nachbarschaft.* Die Klinge im Rücken verdeutlichte ihr, dass die Ankunft eines Nachbarn zu spät kommen würde. *Einfach loslaufen?* Der Kerl wirkte so, als könne er sie kinderleicht nach einigen Schritten einholen. Sie beschloss zunächst seinen Forderungen nachzugeben und zurück ins Haus zu gehen. Womöglich ergab sich drinnen eine Möglichkeit, ihm zu entkommen.

Die Situation eskalierte im Bruchteil von Sekunden. Im Flur hörte man die schweren Stiefel der Beamten des SEK die Stufen hinaufeilen. »Beeilung, Gefahr in Verzug«, hallte es laut durchs Hotel. Axel Neumann blickte mit weit aufgerissenen Augen in Çetins Richtung, fasste sich, von einer Kugel getroffen, an die Brust und sackte in die Knie.

»Die Waffe runter«, brüllte der zuerst angekommene Mann des Sondereinsatzkommandos und zielte auf Raffael Göbel, der schmunzelnd im Türrahmen stand.

»Womöglich sollte ich das machen«, erwiderte er kaltschnäuzig. «Wenn ich am Leben bleibe, kann ich mich noch ein wenig länger daran erfreuen, was ich der Schlampe Bindhoffer angetan habe. Und wer weiß, mit den lächerlichen deutschen Strafmaßen bekomme ich höchstwahrscheinlich die Gelegenheit, sie nach meiner Entlassung weiter zu quälen.«

Axel Neumann stöhnte, bäumte sich auf, hob unter vernehmbaren Schmerzen seine Dienstwaffe und feuerte zwei Schüsse ab. Bevor er die Augen verdrehte und regungslos liegen blieb, flüsterte er befriedigt »Volltreffer«.

Göbel, der lediglich einen Streifschuss in die Schulter abbekommen hatte, hob seinerseits erneut das Gewehr.

»Die Waffe runter und Hände hoch«, befahlen Çetin und drei Beamte des SEK gleichzeitig. Lächelnd zielte Göbel auf den am Boden liegenden Axel Neumann und fragte grinsend: »Kopf oder Brust? Ich kann beides.«

»Letzte Warnung, weg mit dem Gewehr.«

»Und wenn ich …?«

Mehrere Schüsse hallten mit ohrenbetäubendem Knall durch den Hotelflur. Çetin schrie auf und hielt sich die Wade, in die ein Streifschuss eingedrungen war. »Ihr solltet mal wieder auf den Schießstand gehen, Jungs. Ich gehöre zu den Guten.«

Ein kurzes Auflachen ertönte, bevor der Kommissar neben dem Kollegen Neumann niederkniete und eine Hand auf dessen Brust legte. »He, Kumpel, kannst du mich hören?«

Neumanns Augen flackerten unruhig hinter geschlossenen Lidern.

»Halte durch, der Rettungswagen ist unterwegs.«

Axel schüttelte fast unmerklich den Kopf, griff nach Çetins Hand und drückte sie kraftlos. »Hab ich ihn erwischt?«

»Ja, du hast den Scheißkerl erledigt.«

Die Finger des jungen Mannes öffneten sich, als sein Herz zu schlagen aufhörte.

»Nein!«, schrie Çetin entsetzt und schlug hart auf Neumanns Brust. »Du kannst jetzt nicht einfach aufgeben.

Schließlich hat deine Kraft für den Schuss auch noch ausgereicht. Bleib gefälligst am Leben.«

Vorsichtig trat ein SEK-Beamter zu ihm und flüsterte: »Manchmal verliert man in unserem Job einen guten Freund.«

Çetin nickte und murmelte: »Das war er in der Tat, ein echter Freund.«

Bereits im Hausflur zweifelte sie daran, eine Möglichkeit zur Flucht zu bekommen. Der Kerl, der ihr das Messer jetzt an die Kehle hielt, war der Typ mit den Tropfen. Sie hatte ihn auf der Trauerfeier nur flüchtig gesehen. Doch da Lydia ihn ihr während des Telefonats beschrieben hatte, erkannte sie ihn jetzt an seinem Aussehen.

Warum ist er hier und bedroht mich? Hat Lydia ihm verraten, dass wir miteinander gesprochen haben? Hat sie ihm gesagt, dass der Tipp, einen Test zu besorgen, von mir kam? Nein, das hätte sie niemals getan.

Er befahl ihr schroff, die Hände nach vorne auszustrecken und stillzuhalten. Zittrig hob sie die Arme. Er umschlang die Handgelenke so flink mit Kabelbinder, dass sie die kurze Zeitspanne verpasste, in der er das Messer beiseitelegte. Er stieß sie grob ins Wohnzimmer, zeigte auf die Couch und knurrte: »Hinsetzen!«

Mit weichen Knien wankte sie zum Sofa und ließ sich darauf fallen.

Er trat zu ihr, und sie sah ihm zum ersten Mal direkt ins Gesicht. *Sieht so ein Mann aus, der seine vermeintliche Partnerin mit K.-o.-Tropfen gefügig macht,* dachte sie flüchtig. In ihrem Unterbewusstsein regte sich ein weit erschreckenderer Gedanke. *Er ist unmaskiert, und das bedeutet, dass ich diese Begegnung nicht überlebe.*

Mit einer eiligen Bewegung stopfte er ihr ein Tuch in den vor Entsetzen geöffneten Mund. Seine Augen fixierten ihre, als er noch dichter heranrückte und flüsterte: »Es tut mir leid, aber ich muss an Lydias Seite bleiben. Ich kann unmöglich zulassen, dass du mir dabei im Weg stehst und ihr Flausen in den Kopf setzt. Das verstehst du doch, oder?«

Nicola zappelte. Panisch versuchte sie, mit ihm ins Gespräch zu kommen. Unter dem Baumwollstoff brüllte sie ein unverständliches »Stopp« und hob ihre gefesselten Hände nach oben.

Er schüttelte den Kopf. »Ich weiß, was du vorhast. Sprich mit dem Täter und mache ihm klar, dass du ein menschliches Wesen bist. Lass ihn dir die komplette Geschichte seiner grausamen Kindheit erzählen und schinde damit Zeit. Zeige Verständnis und versprich ihm, dass es eine bessere Lösung für die Probleme gibt. Genauso wie es die Psychofritzen im Fernsehen erklären und wie man es in jedem Krimi liest. Das ist dein Plan, hab ich recht?«

Nicola warf den Kopf hin und her und versuchte, ihm zu verdeutlichen, dass sie nichts dergleichen im Sinn hatte.

Er beobachtete sie prüfend, überlegte einen Augenblick und zog dann das Stofftuch aus ihrem Mund. »Aber nur für einen Moment. Spuck aus, was du zu sagen hast, und untersteh dich zu versuchen, mich um den Finger zu wickeln. Denn das wird dir nicht gelingen!«

Sie nickte und versuchte krampfhaft seinen Vornamen aus ihren Erinnerungen zu filtern – absolute Leere. Es musste ohne persönliche Anrede funktionieren. »Du bist der Schulfreund von Lydia, von dem sie seit der Beerdigung schwärmt.«

Er machte ein erstauntes Gesicht und schwieg.

»Auf der Beerdigung habe ich zu dir rüber gesehen, als du neben Lydia gestanden hast. Drei Tage danach rief sie an und erzählte aufgeregt, wie umwerfend du bist. Zuerst musste sie mir erklären, von wem sie überhaupt redet. Aber dann begriff ich, dass sie dich meinte. Den Mann, der mir auf der Trauerfeier als äußerst attraktiver Kerl ins Auge gefallen war.« Nicola wunderte sich, wie schnell und leicht ihr all die Lügen über die Lippen kamen. Sie schien mit ihren Worten Reaktionen bei ihm auszulösen. Seine verwunderte Miene sprach Bände, weswegen sie ohne lange zu überlegen weiter plapperte.

»Ich muss zugeben, dass ich ein bisschen eifersüchtig wurde, als ich hörte, dass ihr euch kennt. Als ich Lydia fragte, warum sie noch nicht mit dir vorbeigeschaut hat, lachte sie triumphierend. »Ich stelle mich oft dämlich an«, hat sie gesagt und gelacht. »Aber das wäre mir nie in den Sinn gekommen. Selbst ein Blinder hätte erkannt, dass du ihn mindestens genauso cool gefunden hast wie ich. Deswegen hab ich die Klappe gehalten.«

Nicola verstummte abrupt. Der Gesichtsausdruck des Mannes veränderte sich schlagartig. Die unschlüssige Miene wich einer wutverzerrten Fratze. »Du hältst dich für besonders clever, oder?«, brüllte er. »Willst mir vorgaukeln, dass ich ein toller Hecht bin und jede Frau auf mich steht. Denkst du, ich habe keinen Spiegel zuhause?« Er hielt ihr die Messerklinge bedrohlich nah an den Körper. »Außerdem weiß ich von eurem Telefonat. Und dass du bis vor ein paar Minuten nicht den blassesten Schimmer hattest, wer ich bin und wie ich aussehe, ist mir klar. Ich bin zwar keine Schönheit, aber schlau genug, um dich zu durchschauen. Du hast soeben deine Chance vertan, meine Liebe«, ergänzte er ohne Bedauern in der Stimme, dann stieß er ihr das Messer in den Bauch. In den letzten Sekunden vor der nahenden Bewusstlosigkeit erkannte Nicola, dass sie auf einem guten Weg gewesen war, ihn zu überzeugen. *Du wusstest genau, wie er tickt, und hast trotzdem zu dick aufgetragen. Und jetzt ist es zu spät.*

05. JULI 2016, IBIS HOTEL, HAMBURG

Josef Mitheimer brach der Schweiß aus, als er begriff, was Hardy ihm mitteilte.

»Neumann ist tot?«, fragte er fassungslos. »Und dieser Göbel auch?« Er lauschte der Antwort des Kollegen und nickte. »Ich bringe das hier in Hamburg zu Ende. In weniger als einer halben Stunde bin ich bei Stefan Wagner und spreche persönlich mit ihm. Wegen der Verspätung meines Zugs kann ich ihn zu dieser Zeit vermutlich zuhause antreffen. Damit hat der elende umgestürzte Baum doch noch etwas Gutes. Nervös zupfte er an der Tischdecke vor ihm. »Sie wissen nicht, wo Frau Bindhoffer ist? Was soll das heißen?«

Hardy erklärte seinem Vorgesetzten, dass er die Kommissarin auf das Polizeirevier zukommen gesehen hatte, dann jedoch für einen kurzen Moment vom heranfahrenden Rettungswagen abgelenkt worden war. »Als ich das nächste Mal die Straße hinuntersah, war sie verschwunden.«

»Lassen Sie alles stehen und liegen und finden Sie Frau Bindhoffer«, befahl Mitheimer mit Entsetzen in der Stimme. »Nicht auszudenken, was sie anstellen könnte, wenn sie unauffindbar bleibt.«

»Eines kann ich sicher von meiner Kollegin behaupten, sie ist hart im Nehmen. Selbstverständlich ist sie verwirrt und ratlos. Aber sie steckt das weg. Sie weiß ja noch nicht, dass der Täter erschossen wurde. Vielleicht hilft ihr das ein wenig, wenn sie es hört. Zumindest ist die damit aus der Schusslinie.«

»Trotzdem wüsste ich sie lieber in freundlicher Gesellschaft. Also kümmern Sie sich darum.«

»Selbstverständlich. Ich werde sie finden, Boss. Und beruhigen Sie sich, Selbstmord ist keine Option für Hannah, da bin ich sicher.«

»Hoffentlich behalten Sie recht. Ich verlasse mich auf Sie und rufe an, sobald ich bei Wagner war.«

Als Frau Doktor Listner durch die Tür des Instituts trat, um frische Luft zu schnappen, die sie nach der Nachricht vom Tod des Kollegen dringend benötigte, entdeckte sie Hannah. Die Kommissarin saß auf dem Parkplatz neben Cornelius' Auto, das er dort zurückgelassen hatte.

Die Rechtsmedizinerin ging langsam auf sie zu und sprach sie behutsam an: »Frau Bindhoffer?« Ohne zu antworten, wippte die Polizistin vor und zurück. Frau Doktor Listner kam dicht an sie heran und sah in ihr Gesicht. Aufgerissene vom Weinen geschwollene Augen und ein starrer Blick ließen sie eine akute Belastungsreaktion vermuten. Vorsichtig legte sie Hannah eine Hand auf die Schulter. Dabei spürte sie über dem Schlüsselbein ihren rasenden Puls. »Kommen Sie mit rein?«

Als ihre Frage unbeantwortet blieb, rüttelte sie die Kommissarin zaghaft. »Stehen Sie auf, ich nehme Sie mit hinein. Mir ist klar, dass Sie durcheinander sind und in Ruhe gelassen werden möchten. Aber hier alleine auf dem Parkplatz zu sitzen ist auch keine Lösung.«

Hannahs Blick klärte sich und sie nickte resigniert. »Ist er schon unten?«

»Wer?«, fragte Frau Doktor Listner. »Ihr Kollege?«. Hannah schüttelte verzagt den Kopf. »Nein, Ihr Kollege.

Cornelius? »Warum sollte er hier sein? Soweit ich weiß, ist er ins Trauma-Zentrum drüben in der Uni transportiert worden. Ich denke, sie operieren ihn schon.«

»Er lebt?«, fragte Hannah schockiert und erleichtert. Sie sank kraftlos in die Knie.

Frau Doktor Listner nickte. »Ich habe vor etwa zwanzig Minuten mit dem Kollegen telefoniert. Weil er Cornelius' Mutter nicht erreicht hat, wollte er wissen, ob ich etwas über seine Vorerkrankungen weiß.«

»Oh Gott, ich danke dir. Er lebt.« Hannah stand langsam auf und zog die Rechtsmedizinerin danach unvermittelt in eine Umarmung. »Ich bin dafür verantwortlich, dass er das durchmachen muss«, wimmerte sie und klammerte sich fest an die Ärztin. »Er wollte das Handy aus dem Auto holen, weil ich es im Wagen vergessen hatte. Meine Schuld, dass ich nicht selbst gegangen bin«, ergänzte sie stockend und mit tränennassem Gesicht.

»Sie konnten weder ahnen, dass so etwas geschehen würde, noch haben Sie auf Cornelius geschossen. Man kann Sie vielleicht mit der Verkettung von Umständen in Verbindung bringen, doch deswegen tragen Sie keine Schuld an dem, was geschehen ist. Hören Sie auf, sich das einzureden. Dieses Arschloch, das die Verantwortung dafür trägt, liegt da unten im Keller.« Sie deutete in Richtung der Kellerfenster. »Er hat das Ihrem Freund und meinem Kollegen angetan. Aber wenn ich Sie richtig verstanden habe, sind Sie davon ausgegangen, dass Cornelius an den Folgen der Schussverletzung gestorben ist?«

Hannah nickte. »Er fühlte sich so kalt und leblos an, als er auf dem Parkplatz lag, da bin ich einfach davongerannt.«

»Laut Angaben des Beamten, mit dem ich telefoniert habe, ist dieser Göbel im Hotel gegenüber des Polizeipräsidiums gestellt worden. Er eröffnete das Feuer und das SEK hat danach kurzen Prozess gemacht und ihn erschossen. Er wurde vor ein paar Minuten hergebracht.«

»Ich muss dringend telefonieren«, erklärte Hannah und griff erneut an ihre Hosentasche. »Das verdammte Handy liegt in meinem Auto und ist an allem schuld.«

»Kommen Sie bitte mit hinein, ich mache uns einen Kaffee und Sie rufen in der Uni an, einverstanden?«, fragte Frau Doktor Listner umsichtig.

Die Kommissarin nickte erneut. »Kann ich zu diesem Kerl gehen?«

»Wenn Sie das für eine gute Idee halten, werde ich Sie gerne begleiten.«

»Ja, ich möchte sehen, wer das Cornelius und mir angetan hat.«

»Wissen Ihre Kollegen, dass Sie hier sind?«, erkundigte sich die Rechtsmedizinerin.

»Nein. Ich bin, wie gesagt, davongerannt. Ich konnte es einfach nicht ertragen, weiter neben Cornelius zu sitzen.

Es war so … aussichtslos. Eben hat man sich geküsst und die Welt schien in Ordnung. Und im nächsten Augenblick ist sie komplett aus den Angeln gehoben, weil alles anders ist. So völlig surreal und unwirklich, dass es einfach unvorstellbar ist. Wenn ich geahnt hätte …«

Die Rechtsmedizinerin nickte wissend. »Leider kann ich all das nachvollziehen, was Sie versuchen auszudrücken, leider. Als ich zwölf Jahre alt war, küsste ich meine Mutter zum Abschied, bevor ich zur Schule ging. Keine zwei Stunden später erlag sie einem Herzinfarkt. Aber Sie dürfen die Hoffnung nicht aufgeben. Cornelius lebt ja noch.«

»Dem Himmel sei Dank dafür. Aber es tut mir leid für Sie, dass Sie so etwas in so jungen Jahren erleben mussten«, sagte Hannah mitfühlend. »Ich wollte Sie nicht …«

Die Rechtsmedizinerin winkte ab. »Kein Problem, es ist lange her. Aber das Gefühl, sich wie in einer Blase zu fühlen, in der man zwar alles sieht, hört und wahrnimmt, jedoch auf eine Art und Weise, als erlebe das alles jemand anderer als man selbst, vergesse ich nie.«

»Ja, so ähnlich habe ich auch empfunden. Aber jetzt blicke ich vorwärts. Gehen wir zu dem Dreckskerl.«

Frau Doktor Listner schickte die Kommissarin voraus. »Ich mache uns erst einmal Kaffee. Kommen Sie klar?«

»Funktionieren war schon immer meine Stärke. Darf ich kurz Ihr Telefon benutzen? Ich möchte in der Uni anrufen und fragen, wie es um Cornelius steht und wann ich zu ihm darf.«

»Selbstverständlich. Ich bin solange an der Kaffeemaschine.«

»Das ist lieb«, sagte Hannah und griff zum Telefonhörer. »Ich gehe nach dem Anruf schon runter, wenn Sie nichts dagegen haben.«

»Sagen Sie mir ehrlich, wenn ich besser mitgehen soll.«

»Nein«, beteuerte Hannah. »Weshalb auch? Ich will diesem Scheusal nur einmal ins Gesicht sehen. Es ist möglich, dass ich ihn aus meinen Tagen in Hamburg kenne. Ich weiß ja, dass ich jederzeit nach Ihnen rufen kann.« Frau Doktor Listner griff zum Telefon und unterrichtete Jens Hartmann über den Verbleib seiner Kollegin, sobald sie Hannahs Schritte auf der Kellertreppe hörte. Ihr Gefühl sagte ihr, dass die Kommissarin Hilfe und Beistand von Freunden gebrauchen konnte. Dann beeilte sie sich, ihr zu folgen.

05. JULI 2016, HUMPERDINCKWEG, HAMBURG

Verschlafen öffnete Stefan Wagner die Wohnungstür. »Ja?«

Josef Mitheimer hielt ihm seinen Dienstausweis entgegen. »Wir müssen reden.«

»Ich werde nicht mit Ihnen sprechen«, antwortete Wagner selbstgefällig. »Sie haben null Befugnis hier zu ermitteln, oder täusche ich mich?« Als er bereits die Tür wieder schließen wollte, packte Mitheimer ihn am T-Shirt.

»Sie passen jetzt mal gut auf. Ich bin absolut ahnungslos, wie Sie sich dieses Mal aus der Situation retten wollen. Eins steht jedoch fest, Sie reden mit mir. Wenn nicht hier und heute, dann morgen früh mit Vorladung auf dem Präsidium.« Er machte eine kurze Pause und sah dem ehemaligen Polizeibeamten in die Augen. »Entgegen ihrer Annahme weiß die Polizei vor Ort, dass ich hier bin und Sie aufsuche. Die haben aber noch nicht die Information, dass ihr Ex-Lover, Raffael Göbel, einen Menschen erschossen und zwei weitere schwer verletzt hat«, ergänzte er mit überlauter Stimme, die durch den Hausflur schallte. Stefan Wagner erbleichte.

»Darf ich jetzt reinkommen oder muss ich Holger Becker anrufen und Sie zum Revier bringen lassen?«

Sichtlich schockiert öffnete Wagner Mitheimer die Tür und ließ ihn eintreten. Sie gingen in ein unaufgeräumtes Wohnzimmer, in dem Berge von Pizzaschachteln und Plastikflaschen darauf warteten, in den Müllcontainer gebracht zu werden.

»Kommen wir gleich zum Wesentlichen. Wie lange liegt Ihre Affäre mit Göbel zurück?«

Wagner erröte und schwieg.

»Hören Sie auf, so genervt zu tun, und beantworten Sie meine Frage. Ein Kollege ist tot. Und das nur, weil Sie es nicht für nötig gehalten haben, rechtzeitig mit uns über Ihren Verdacht zu sprechen, dass Göbel hinter den Anschlägen stecken könnte. Um Ihre bisexuellen Neigungen unter den Teppich zu kehren, die vermutlich ohnehin niemanden interessieren. Warum haben Sie es nicht einfach erwähnt? Sind Sie noch verliebt in diesen Kerl oder hat das andere Gründe?«

Stefan Wagner schüttelte den Kopf. »Mit Göbel bin ich lange durch, das können Sie mir glauben. Er ist mir, nachdem Schluss war, ständig auf die Pelle gerückt. Ein echter Stalker, der Typ.«

»Mir kommen die Tränen«, gab Mitheimer sarkastisch zurück. »Dabei sind Sie doch so ein gestandener Kerl. Zumindest nach den Beschreibungen Ihrer Kollegen. Alles nur Fassade, in Wirklichkeit sind Sie eine echte Mimose.«

»Hören Sie auf, mich zu provozieren«, forderte Wagner aggressiv.

»Oh, da missverstehen wir uns. Es liegt mir fern, Sie auf die Palme zu bringen. Mir geht es darum zu verstehen, warum Sie geschwiegen haben. Wenn Göbel Sie genervt hat, ist das doch die einmalige Chance gewesen, ihn loszuwerden, oder?«

»Ich hatte nur eine Ahnung und keinen Beweis. Natürlich wollte ich auch verhindern, dass meine Neigungen öffentlich bekannt werden. Aber was ist denn genau passiert? Was hat er getan?«

»Der Typ hat Hannah Bindhoffer terrorisiert. Zunächst mit einer Handybombe. Wissen Sie, ob Göbel sich mit Sprengstoff auskannte?«

»Himmel, ja, er ist ein echter Waffenliebhaber. Er weiß alles über Schusswaffen und Sprengmittel.« Wagner unterbrach einen Moment und stutzte. »Haben Sie gefragt, ob er sich damit ausgekannt hat?«

»Ja, warum?«

»Heißt das, dass er tot ist?«

»Entschuldigung, ich vergaß diese erfreuliche Nebensächlichkeit zu erwähnen. Ein ausgezeichneter Umstand für das Ermittlungsteam, denn so wissen wir, dass Frau Bindhoffer jetzt in Sicherheit ist. Eher ungünstig für Sie, weil Sie allein und ohne seine Aussage beweisen müssen, dass Sie nichts mit dem Mord zu tun haben. Dass

Sie wissentlich polizeiliche Ermittlungen behindert haben, steht inzwischen zweifelsfrei fest. Und ehrlich gesagt lässt Sie das wenig glaubwürdig erscheinen.«

Mitheimer sah Stefan Wagner die Fassungslosigkeit an und bemühte sich, seine Schadenfreude darüber zu verbergen.

»Wann haben Sie zuletzt mit Göbel gesprochen?«

»Ewigkeiten her.«

»Ganz bestimmt?«, hakte der Beamte nach. »Den Ärger wegen Ihres Schweigens haben Sie ohnehin an der Backe, also machen Sie es nicht schlimmer, indem Sie mich anlügen.«

Wagner atmete tief durch. »Heute Vormittag. Ich rief ihn an, nachdem ich das gelesen hatte.«

Er holte sein Smartphone hervor, öffnete die WhatsApp-Nachricht und zeigte Mitheimer den Brief.

»Als Sie das gesehen haben, wussten Sie doch mit absoluter Sicherheit, dass Göbel hinter all den Anschlägen steckt. Weshalb sind Sie nicht zur Polizei gegangen?«

»Das wollte ich ja, ehrlich!« Er hob die rechte Hand zum Schwur. »Aber dann habe ich mit ihm telefoniert und ihm gedroht, ein paar krumme Geschäfte aufzudecken, in die er verwickelt ist. Ich hatte den Eindruck, dass ich ihn dadurch überzeugt hatte, aufzuhören. Zu dem Zeitpunkt war ja noch nichts weiter passiert. Also hielt ich es für vernünftig, die Klappe zu halten und abzuwarten, ob er sich beruhigt.«

»Genau. Wenn man von dem Polizisten absieht, der versucht hatte, die Handybombe loszuwerden und dieses Vorhaben beinahe mit seinem Leben bezahlt hätte, ist weiter nichts geschehen. Der gebrochene Arm der Kollegin Bindhoffer, die Angst und die Schrecken, die sie seit den Angriffen durchlebt, sind für Sie keine große Sache, richtig?« Mitheimer atmete tief ein und versuchte, den rasenden Pulsschlag an seiner Halsschlagader zu drosseln. »Sie sind wahrhaftig total beschränkt, aber das wusste ich ja bereits vor diesem Gespräch.« Erneut atmete Mitheimer bewusst ein und aus.

»Wann haben Sie Ihrer Mutter gesagt, dass sie der Polizei den Zutritt in ihre Wohnung verweigern soll?«

»Hä?«, Wagner schaute ihn begriffsstutzig an.

»In Frau Bindhoffers Kühlschrank lag eine abgetrennte Hundepfote. Wir vermuten, dass sie von Charlie, dem Hund ihrer Mutter stammt.«

»Wieso? Charlie geht es gut.«

»Nach unseren Recherchen eher nicht. Er ist vor ein paar Tagen in der Tierverbrennung abgegeben worden.«

»Was?«, brüllte Wagner und sprang vom Sessel auf. »Das kann unmöglich stimmen. Gestern hat mir Mutti erzählt, dass er ihr ausgebüxt ist und sie sich langsam Sorgen macht, weil er nicht zurückkommt. Sonst kommt er nach ein paar Stunden immer heim.«

»Dann hat Ihre Mutter sie vermutlich angelogen«, erwiderte Mitheimer kühl. »Ich glaube kaum, dass das Tierkrematorium falsche Angaben gegenüber der Polizei gemacht hat.«

Tränen rollten Stefan Wagners Wangen hinab. »Oh Charlie«, stammelte er verzweifelt. »Ich werde Mama anrufen und sie fragen, ob es stimmt. Das muss ein Irrtum sein. Die haben sich bestimmt vertan oder etwas verwechselt. Meinem Hund geht es gut, das spüre ich.«

Mitheimer schüttelte fassungslos den Kopf. »Sind Sie sicher, dass Sie in keine psychiatrische Einrichtung gehören? Ein Mensch ist ums Leben gekommen und Sie sitzen hier und heulen wegen dieser Töle?« Er stand auf. »Ich glaube, für heute reicht es mir. Sie bleiben hier in Ihrer Wohnung, morgen früh kommen Sie zum Revier, verstanden?«

»Fahren wir da nicht jetzt noch hin?«, erkundigte sich Wagner überrascht.

Der Kommissar schüttelte den Kopf. »Ach übrigens, ich verbitte mir die Bezeichnung ‚wir‘, wenn es um Sie und mich geht, verstanden? Ich lasse Sie nun weiter um den Verlust des Kötcrs trauern, der Ihnen wirklich am Herz gelegen haben muss. Ich kapiere nicht im Entferntesten, was in Ihrem kranken Hirn vorgeht. Dass Sie der Tod des

Hundes mehr trifft als die Dinge, die Raffael Göbel angerichtet hat«, verabschiedete Mitheimer sich herausfordernd. »Mich würde interessieren, ob es eine spezielle Bezeichnung für Ihre Art von Wahnsinn gibt.« Bereits im Hausflur rief er Jens Hartmann an.

Bevor Hannah das Licht einschaltete, holte sie tief Luft. Im Raum standen vier Obduktionsliegen dicht an dicht. Über allen Leichnamen lagen weiße Laken. Zögernd lugte sie unter das erste Leintuch und sah einen ihr unbekannter Mann in hohem Alter. Als sie das zweite Tuch anhob, schrie sie erschrocken auf. Axel Neumann lag mit geschlossenen Augen vor ihr. *Das kann nicht wahr sein,* dachte sie, als die Rechtsmedizinerin eintrat. »Ist das mein Kollege?«, fragte sie tonlos.

»Ja. Es tut mir leid, ich wollte Sie schon oben darauf vorbereiten, aber ich fand nach allem, was Sie zuvor durchgemacht haben, einfach nicht gleich den Mut dazu. Dann sind Sie so rasch verschwunden, dass ich keine Gelegenheit mehr hatte es nachzuholen.«

»Wo ist der Kerl?« Hannah stand kerzengerade im Raum und zitterte.

Die Rechtsmedizinerin deutete auf eine Liege an der Wand. »Da hinten.«

Die Kommissarin taumelte durch den Kellerraum, riss das Laken von Göbels Körper und schlug mit aller Kraft auf sein lebloses Gesicht ein.

»Hannah«, rief Veronika Listner entsetzt. »Hör auf. Bitte!«

»Vergiss es. Ich fange gerade erst an.«

Wie von Sinnen trommelte sie mit beiden Fäusten auf den Leichnam ein, riss an seinen Haaren und kreischte immer wieder: »Du verdammtes Monster!«

Die Rechtsmedizinerin zog sie zur Seite und hielt sie fest umklammert. »Hör auf«, bat sie beruhigend. »Ich verstehe, was du fühlst, aber ich darf das nicht zulassen, okay?«, erklärte sie betont sachlich. Als sie den Eindruck hatte, dass die Kommissarin sich allmählich beruhigte und ihr Atem flacher wurde, ließ sie sie los.

»Verzeih mir«, stammelte Hannah und sah Veronika Listner flehend in die Augen.

»Was soll ich entschuldigen? Dass du ausgeflippt und diesem Mistkerl an die Kehle gegangen bist? Ist absolut nachvollziehbar und schon vergessen. Allerdings werde ich mir für die Hämatome, die du ihm post mortem zugefügt hast, etwas einfallen lassen müssen.«

»Sorry und danke.«

»Wofür?«

»Dafür, dass du mich davon abgehalten hast, ihn komplett auseinanderzunehmen«, erklärte Hannah.

»Und hast du ihn gekannt?«

»Nein«, antwortete Hannah nachdenklich. »Ich weiß nicht, warum er es auf mich abgesehen hatte. Weißt du, was mit Axel geschehen ist?«

»Nicht genau, aber dein Kollege Hartmann ist auf dem Weg, er wird es dir erklären. Ich habe ihn angerufen und ihm gesagt, dass du hier bist. Ich hoffe, das ist in Ordnung.«

»Ja, absolut, danke.«

»Gern geschehen. Was hat die Uni gesagt?«

»Nur, dass Cornelius im OP ist. Es scheint, als kommt er durch. Die Frage nach seinen Chancen, gesund zu werden, konnte der Arzt mir nicht beantworten.«

»Klar, da legt man sich nie generell fest«, sagte die Rechtsmedizinerin. »Hoffen wir einfach das Beste.«

Hannah nickte. »Würdest du mich jetzt mit Axel allein lassen? Ich möchte noch ein paar Minuten bei ihm sein, bevor Hardy kommt.«

»Wenn du mir versprichst …«

»Du kannst dich drauf verlassen, den rühre ich garantiert nicht mehr an«, sagte Hannah und trat niedergeschlagen und weinend zur Obduktionsliege von Axel Neumann.

Lydia versuchte zum wiederholten Mal Nicola zu erreichen. Dass sie ständig auf der Mailbox landete, machte sie nervös. Die Freundin schlief praktisch mit ihrem Handy und reagierte immer prompt auf Nachrichten und Anrufe. *Wahrscheinlich ist der Akku leer. Es wird mir nichts anderes übrigbleiben, als allein nach Frankfurt zu fahren, um den Test zu besorgen. Dabei weiß Nicola bestimmt besser, auf was ich achten muss.* Bei der Recherche im Internet, die sie gestern noch lange an den Bildschirm gefesselt hatte, war sie auf viele unterschiedliche Angebote und Firmen gestoßen, die Probensets vertrieben. Als sie sich entschieden und bereits eine Packung in den virtuellen Warenkorb gelegt hatte, fiel ihr ein, dass es zu lange dauern würde, bis das Paket bei ihr ankommen würde. Sie startete eine weitere Suchanfrage und fand die Webseite einer Drogeriekette in Frankfurt, die ihr mehrere Testarten als vorrätig anzeigte. *Viel besser und schneller, als auf den Paketboten zu warten,* dachte sie zufrieden und schaltete den Laptop aus. Bevor Lydia Schlüssel und Geldbörse in die Handtasche steckte, versuchte sie erneut, die Freundin zu erreichen. Als sie wieder auf der Mailbox landete, hinterließ sie eine Nachricht.

»Mensch, Nicola, wo steckst du? Ich rufe jetzt schon zum zehnten Mal an, und langsam mache ich mir Sorgen. Bitte melde dich, sobald du das abhörst.«

Sie schob das Handy in die Hosentasche, als es plötzlich vibrierte. »Na endlich«, rief sie beruhigt, bevor sie aufs Display schaute. Ralf hatte ihr eine WhatsApp-Nachricht geschickt. *Verdammt, was mache ich jetzt? Ignorieren?* Ihr Herz schlug heftig, als sie an die vergangenen beiden Tage mit ihm dachte. Sie beschloss, den Text erst dann zu lesen, wenn sie den Test besorgt und sich mit Nicola besprochen hatte.

Zurück aus Frankfurt entschied Lydia bei der Freundin, von der noch immer keine Antwort gekommen war, vorbeizufahren. Sie warf die Tasche aus der Drogerie ins Wohnzimmer, wechselte das T-Shirt, holte ihr Fahrrad aus dem Schuppen und schob es über den Hof. *Hoffentlich ist sie daheim und es gibt eine einfache Erklärung dafür, dass sie mir noch nicht geantwortet hat.* Als sie einige Minuten später vor Nicolas Haus hielt, warf sie einen Blick auf Zenzi und Jupp. Weshalb lag eine der Puppen auf dem Boden im Schmutz? Argwöhnisch lief sie zur Haustür, die sie offen vorfand. Sie bekam eine Gänsehaut, die Angst schnürte ihr die Kehle zu. Sie ahnte, dass ihr eine schreckliche Entdeckung bevorstand und erschauderte ängstlich. Unbeweglich stand sie minutenlang an der Tür und lauschte. Als sie nichts hörte, nahm sie allen Mut zusammen und schob vorsichtig die Tür auf. Lautlos huschte sie durch den Flur zum Wohnzimmer. Die heruntergelassenen Jalousien verdunkelten den Raum und sie sah nur Schemen des Mobiliars.

»Nicola«, rief sie leise und erhielt keine Antwort. Verängstigt trat sie ins Zimmer und betätigte den Lichtschalter.

Der tiefe Schock der gestrigen Ereignisse nagte an allen Beamten aus Josef Mitheimers Abteilung und des gesamten Reviers. Dennoch mussten alle versuchen, einen relativ normalen und reibungslosen Dienstablauf aufrecht zu erhalten. Mitheimer saß an seinem Schreibtisch, als Hardy nach kurzem Anklopfen eintrat.

Mitheimer setzte zum Reden an, aber das Telefon auf dem Schreibtisch unterbrach ihn. Er nahm ab, hörte einen Moment konzentriert zu und drückte dann auf die Lautsprechertaste.

»… im Wohnzimmer auf der Couch ist so viel Blut und Nicola ist verschwunden.«

»Wo wohnt sie?«

»In der Uhlandstraße in Raunheim. Kommen Sie schnell her.«

»Wir sind unterwegs zu Ihnen, Frau Piotrowski. Und auch wenn ich Sie beim letzten Telefonat schon einmal darum gebeten habe. Fassen Sie bitte nichts an und gehen Sie am besten vor die Tür.«

Er legte auf und erhob sich. »Kommen Sie, Hartmann, wir fahren hin.«

»Schon wieder Lydia Piotrowski?«

»Ja.« Er gab Hardy die Informationen, die er vor dem Einschalten des Lautsprechers von Frau Piotrowski erhalten hatte.

»So ein Mist. Soll ich mit Çetin hinfahren?«

»Das geht nicht. Herr Alcan und Frau Bindhoffer haben sich freigenommen.«

Hardy nickte. »Okay. Dann übernimmt Seidel die Bereitschaft?«

»Genau, ich gebe ihm und der Spurensicherung rasch Bescheid. Gehen Sie ruhig schon zum Wagen, ich bin in fünf Minuten unten.«

Lydia Piotrowski stand vor der Tür des Hauses ihrer Freundin Nicola.

»Sie haben am Telefon gesagt, dass Sie sich Sorgen gemacht haben und deshalb hierhergekommen sind. Weshalb hatten Sie ein ungutes Gefühl?«

»Sie reagierte nicht auf meine Nachrichten und Anrufe. Nicola liebt ihr Handy und ist immer erreichbar. Normalerweise antwortet sie sofort. Außerdem haben wir vorgestern wegen etwas Wichtigem telefoniert und sie wollte unbedingt auf dem Laufenden gehalten werden.«

»In Ordnung, wir gehen erst einmal hinein und machen uns ein Bild, dann reden wir weiter. Ich nehme an, Sie warten hier draußen?«

»Ja«, sagte Lydia sofort. »Obwohl mir Jupp, der so achtlos in der Ecke liegt, auch unheimlich Angst macht.« Sie deutete auf die Schaufensterpuppe am Boden.

»Ist diese Position ungewöhnlich?«, erkundigte sich Hardy.

»Absolut. Die beiden sind normalerweise tipptopp gekleidet und arrangiert. Nicola hat noch nie eine der Puppe hingelegt. Das ist mir, als ich ankam, sofort ins Auge gesprungen.«

»Hm, das könnte wesentlich für unsere Ermittlungen sein«, erklärte Mitheimer, die Stirn in Falten gelegt. »Gehen wir hinein, Herr Hartmann?«

Der Kommissar nickte und betrat als erster das Haus.

Schon im Flur drang ihnen der typische eisenhaltige Geruch von Blut in die Nase. Hardy lief ins Wohnzimmer, ging zum Fenster und zog die Jalousien nach oben.

»Heilige Scheiße. Das ist ein Blutbad. Ich bezweifle, dass das Opfer so einen hohen Blutverlust überlebt.«

Herr Mitheimer zog sich Handschuhe über, zog einen Plastikschutz über seine Schuhe und trat ans Sofa.

»Chef!«

»Ich weiß, aber ich muss der Spurensicherung vorgreifen. Sehen Sie?« Er griff zwischen die Sitzpolster und zog ein Messer heraus. »Damit hätten wir die Tatwaffe bereits und es ist wieder ein Messer. Genau wie im Haus von Frau Pietrowski. Sonst entdecke ich nichts Auffälliges.«

Hardy ließ nun ebenfalls den Blick über die Sitzgelegenheiten gleiten. »Da unten«, er deutete auf den Fußboden. »Könnte ein Schuhabdruck sein.«

Er ging in die Knie und besah den Fleck aus der Nähe. »Eindeutig größer als 42. Ich glaube, dass er nicht von Frau Schwarzer stammt.«

Mitheimer nickte. »Ich schlage vor, dass wir den Raum der Spurensicherung überlassen und uns weiter mit Frau Piotrowski unterhalten. Wenn wir ihre Freundin Nicola finden wollen, könnte sie uns die nötigen Informationen liefern.« Gemeinsam traten sie in den Vorgarten und baten Lydia, sie aufs Revier zu begleiten.

»Wir können auch zu mir rüber, ich wohne nicht weit entfernt, aber das wissen Sie ja bereits.«

»Wie Sie möchten, wir haben nur ein paar kurze Fragen, das geht bei Ihnen zu Hause oder auf dem Präsidium.«

»Gehen wir zu mir«, bat Lydia, während sie daran dachte, dass auf ihrem Handy noch eine Nachricht von Ralf darauf wartete, gelesen zu werden. Wenn Sie in Begleitung der Polizei zurückkam, würde er es nicht wagen, ihr zu nah zu kommen, falls er ihr irgendwo auflauerte.

Im Haus bot Lydia den Beamten einen Kaffee an, den beide höflich ablehnten. »Lassen Sie uns gleich beginnen. Die Spurenlage im Wohnzimmer Ihrer Freundin zeigt deutlich, dass die Zeit drängt«, erklärte Hardy.

Sie nickte. »Verstehe, also, was wollen Sie wissen?«

»Sie erwähnten ein Telefongespräch. Worum ging es dabei?«

Lydia erzählte den Polizisten von Ralf und dem von Nicola geäußerten Verdacht. »Ich wollte ihr sagen, dass ich den Test heute gekauft habe und mit ihr besprechen, wie es weitergeht.«

»Und diesen Mann kennen Sie seit der Bestattung von Susanne Dettmann?«

»Ja. Er ist ein alter Schulkamerad von Susi. Zuerst schien er nett und sehr fürsorglich. Aber jetzt macht er mir nur noch Angst.«

»Ist es möglich, dass er Ihr Telefongespräch belauscht hat?«, wollte Mitheimer wissen.

Lydia dachte einen Augenblick nach, dann nickte sie. »Ich erinnere mich, dass die Terrassentür offenstand. Kurz nachdem ich ihn rausgeworfen hatte, rief Nicola an. Theoretisch könnte er im Garten gestanden und gelauscht haben.« Sie sog scharf die Luft ein. »Glauben Sie, er hat zugehört und ist dann zu ihr gefahren?«

»Zumindest sollten wir diese Möglichkeit in Betracht ziehen. Wo wohnt der Kerl?«

Lydia zuckte die Schultern. »Das weiß ich nicht, er kam immer nur zu mir. Aber ich kann Ihnen seine Telefonnummer geben.« Sie nahm das Handy vom Wohnzimmertisch, rief die Rufnummer aus ihren Kontakten auf und reichte das Telefon Hardy.

Er war mit dem Vorsatz, zu reden und Nicola ordentlich zu erschrecken, aufgebrochen. Er dachte darüber nach, warum alles aus dem Ruder gelaufen war und er sie mit dem Messer verletzt hatte. *Es lag an dem, was sie versuchte mir weiszumachen. Als ob ich glaube, dass Frauen Interesse an mir haben, so ein Schwachsinn!* Die Stimmen der Klassenkameraden hallten lautstark in seinem Kopf.

Oh, unser Hartmut hat kapiert, dass niemand ihn leiden kann. Halleluja, endlich! Wurde auch höchste Zeit.

Er presste die Finger in die Ohren und versuchte einen klaren Gedanken zu fassen. Auf der Rückbank des Wagens lag die leise wimmernde Nicola und verlor viel Blut. Der notdürftige Verband, den er ihr mit ein paar Handtüchern aus ihrem Badezimmer angelegt hatte, war bereits blutdurchtränkt. Er musste sie in den nächsten Minuten ins Krankenhaus schaffen. *Aber will ich das wirklich? Schließlich weiß sie, wer ich bin und wird mich bei der Polizei anzeigen.* Er verlangsamte die Geschwindigkeit, um noch einmal über den Plan nachzudenken, Nicola das Leben zu retten.

Wenn du sie verbluten lässt, ist es endgültig vorbei mit Lydia, mutmaßte der Stimmenchor in seinem Kopf.

Glaubst du denn, sie wird dich im Knast besuchen und dir treu zur Seite stehen, bis du wieder rauskommst?

»Nein«, er schlug mit der Faust aufs Lenkrad. Hinter ihm hupte ein Wagen, dessen Fahrer ihm mit wilden Gesten zu verstehen gab, Gas zu geben.

»Ihr habt recht, ich kann sie unmöglich sterben lassen. Schließlich ist sie eine enge Freundin von Lydia«, sprach er laut zu den Klassenkameraden in seinem Kopf.

Doch, du musst sie krepieren lassen, forderte plötzlich ein Gedanke. *Oder willst du, dass sie sich einmischt und alles zerstört? Nur wenn du sie zum Schweigen bringst, kannst du mit Lydia zusammenbleiben.*

Der Gewissenskonflikt machte es ihm unmöglich konzentriert weiterzufahren.

Papa hat nie davon gesprochen, wie schwierig es ist, der Frau des Herzens gerecht zu werden. Es war immer nur die Rede von Liebe, Zuneigung und Sehnsucht.

In seinem Kopf setzte der Chor der Klassenkameraden zu einem neuerlichen Singsang an: *Hartmut ist ja so verknallt, bis über beide Ohren. Und wenn er sie nicht wiedersieht, ist alles Glück verloren.* Das Smartphone vibrierte in seiner Hosentasche. Er blinkte, fuhr rechts ran und sah aufs Display.

»Lydia!«, jubilierte er mit klopfendem Herzen. Sie rief ihn wirklich an. *Ob sie mich sehen möchte? Oder hat das Gespräch mit Nicola sie so verunsichert, dass sie Schluss machen wird? – Geh doch einfach ran, dann weißt du mehr,* klang es höhnisch in seinen Ohren. Hin- und hergerissen ließ er den Klingelton verhallen. »Ich kann jetzt nicht mit ihr sprechen. Das muss warten, erst bist du dran«, erklärte er an Nicola gewandt.

»Es geht niemand ran«, Hardy gab das Telefon an Lydia Piotrowski zurück. »Warten Sie, er hat mir vorhin eine Nachricht geschickt, die ich noch nicht geöffnet habe. Soll ich?«

»Ja, bitte«, gab Hardy zurück.

Sie tippte das WhatsApp-Icon auf dem Display an. »Ich halte es ohne dich nicht aus«, las Lydia angewidert vor.

»Haben Sie ein Bild vom ihm?«, erkundigte sich Mitheimer.

»Ja, hier«, sie hielt ihm ein verwackeltes Selfie hin, das während des Spaziergangs nach der Trauerfeier entstanden war.

»Ein wenig unscharf, aber ich gebe es trotzdem an die Zentrale, damit es an alle Streifenwagen weitergegeben wird, in Ordnung?«

Lydia nickte. »An welche Nummer?«

Hardy holte seine Rufnummer auf das Display des Smartphones und zeigte sie Frau Piotrowski. »Zu mir, ich veranlasse es sofort. Und bitte antworten Sie auf seine Nachricht. Vielleicht reagiert er wenigstens darauf. Wir schauen zeitgleich, ob wir ihn über sein Handy orten können.«

»Das leite ich sofort in die Wege«, sagte Josef Mitheimer nickend und rief im Präsidium an.

»Sie sagten, Ralf sei mit Frau Dettmann zur Schule gegangen. Vielleicht weiß die Mutter, wo er wohnt?«, fragte Hardy hoffnungsvoll.

»Möglich. Aber ich muss gleich sagen, dass er auf der Trauerfeier nur kurz mit ihr gesprochen hat. Ich hatte nicht den Eindruck, als stünden die beiden sich besonders nah.«

»Einen Versuch ist es wert«, sagte der Kommissar und zeigte auf ihr Telefon. »Darf ich das benutzen?«

»Klar, brauchen Sie die Nummer?«

Er las die Telefonnummer aus dem kleinen Büchlein ab, das Lydia für ihn aufgeschlagen hatte und wählte. Bereits nach dem zweiten Klingeln nahm die Mutter ab. Hardy erklärte den Grund seines Anrufs und hielt gespannt den Atem an, als Frau Dettmann ihm antwortete.

»Und wann war das?« Er nickte. »Verstehe, vorgestern Abend. Hat er gesagt, warum er Nicolas Adresse benötigt? Alles klar, danke für die Information, Sie haben mir sehr weitergeholfen.«

Er hängte ein und blickte finster, als er seinem Kollegen erzählte, dass Ralf bei Frau Dettmann angerufen und sich nach Nicolas Wohnadresse beziehungsweise ihrem Familiennamen erkundigt hatte. »Angeblich wollten sie Bilder aus alten Zeiten austauschen. Ich wette, der Kerl ist nicht einmal hier zur Schule gegangen und dass er tatsächlich Ralf heißt, bezweifle ich. Susis Mutter sagte, dass sie den Verdacht hegt, dass er kein Schulkamerad von Susi war und der Typ sie angelogen hat. »Mist, was machen wir jetzt?«, fragte Hardy verärgert.

»Ich fürchte, wir müssen Frau Piotrowski als Lockvogel benutzen. Wenn sie ihn ans Handy bekommt, wird er ohne Zweifel herkommen. Ich sehe im Moment keine andere Möglichkeit, an ihn ranzukommen. Außer einer der Kollegen von der Streife stellen ihn, wenn die Ortung läuft, aber das dauert noch ein paar Minuten.«

»Aber er nimmt ja sowieso nicht ab«, wandt Lydia ein.

»Zumindest im Augenblick. Vielleicht war er nur zu überrascht, dass Sie bei ihm angerufen haben. In den letzten beiden Tage gab es kein Gespräch mehr, oder?«

»Nein. Ich wollte jeden Kontakt vermeiden, bis ich den Test gekauft habe.«

»Trauen Sie es sich zu, diesen Ralf anzurufen und herzubestellen?«

»Für meine Freundin schaffe ich das«, gab sie mit dünner Stimme zurück. »Ich muss! Aber was, wenn er wieder nicht rangeht und es zu spät ist, um Nicola zu helfen?«

»Ehrlich gesagt ist es die beste Chance ihn ans Telefon zu bekommen oder wenigstens durch Nachrichten mit ihm zu kommunizieren. Weil wir weder wissen, wo er wohnt, noch, was er plant. Selbstverständlich hoffe ich darauf, dass einer der Kollegen ihn sieht und ins Präsidium bringt.

Das Bild von Nicola ist direkt nach Ihrem Anruf ebenfalls an alle Streifen rausgegangen.«

Hardy sah seinen Vorgesetzten erstaunt an. »Wie sind Sie so schnell an ein Foto der Vermissten gelangt?«

In Mitheimer Gesicht blitzte ein kurzes Lächeln auf. »Frau Schwarzer betreibt einen Kochblog. Hat mir Google verraten, als ich auf Friedhelm Seidel gewartet habe. Zum Glück gab es im Impressum ein Bild von ihr.«

»Respekt, Boss, darauf wäre ich vermutlich nie gekommen.«

Was habe ich nur getan? Und was mache ich als Nächstes? Das schmerzgepeinigte Wimmern von der Rückbank holte ihn aus den Gedanken. Er blickte nach hinten und erkannte, dass Nicolas Gesicht jede Farbe verloren hatte und grau wirkte. *Sie stirbt,* dachte er verzweifelt. *Ich muss sie retten. Dann vergibt Lydia mir.* Entschlossen trat er aufs Gaspedal und fuhr mit überhöhter Geschwindigkeit die August-Bebel-Straße herunter. *Ich kann sie doch nicht einfach in die Notfallambulanz bringen. Wenn die Polizei mich in die Finger kriegt, bin ich geliefert. Ich brauche einen Plan, aber mir läuft die Zeit davon. Falls sie stirbt, wird Lydia mir das nie verzeihen.* Während ein Laut der Verzweiflung über seine Lippen kam, setzte der Chor der Klassenkameraden zu einem lärmenden Crescendo an.

Der Hartmut, der liebt eine Frau, die er nicht haben kann. Er darf nur ihre Nähe spüren, wenn er sie betäubt ins Land des Vergessens schickt. Mit Dackelblick und Blumenstrauß schleimt er sich bei ihr ein, doch zwecklos ist's, du armer Tropf, sie will nie bei dir sein.

»Hört auf«, schrie er trotzig. »Ihr habt keine Macht mehr über mich!« Zu seinem eigenen Erstaunen brach der Chor sofort ab. Nicola wimmerte auf dem Rücksitz. Als er in den Rückspiegel blickte, sah er, dass sie die Augen nach oben verdrehte. »Verdammt, es geht nicht anders, ich muss es riskieren.« Mit quietschenden Reifen bog er in die Einfahrt des Krankenhauses. Das Hupen des Wagens hinter ihm, der scharf abbremste, als Hartmut ohne zu blinken abbog, registrierte er nur am Rande. Er ließ das Auto auf der Auffahrt stehen und rannte zur Pförtnerloge. »Da draußen ist eine Schwerverletzte«, keuchte er. »Ich wollte eben meine Tante hier besuchen und habe sie im Wagen vor der Tür entdeckt. Rufen Sie sofort einen Arzt.«

»Und Sie sind?«, fragte die Dame an Empfang.

»Spielt das eine Rolle?«, rief er und versuchte, erbost zu klingen.

»Sie haben recht, im Augenblick nicht. Gehen Sie raus und bleiben am Auto, bis ein Doktor bei Ihnen ist. Ihre Personalien kann ich auch später noch aufnehmen.«

»Okay«, antwortete er. Dann rannte er wieder nach draußen und vergewisserte sich, dass niemand die Szene beobachtet hatte. Abgesehen von einem Raucher in Jogginghose, der völlig teilnahmslos auf einer Bank saß, lag der Vorplatz der Klinik verlassen da. *Mehr kann ich nicht tun,* dachte er und lief schleunigst davon.

Lydia rief erneut auf Ralfs Handy an. Nachdem eine Weile vergangen war, holte sie tief Luft und hinterließ ihm eine Nachricht auf der Mailbox. »Hallo, ich muss dringend mit dir reden und dir etwas zeigen. Bitte ruf zurück, sobald du das abhörst. Es ist wirklich eilig.« Sie schluckte. »Und ich vermisse dich.« Mit angewidertem Gesichtsausdruck beendete sie das Gespräch und sah die Kommissare fragend an.

»Ausgezeichnet, Frau Piotrowski, wenn er das hört, kann er gar nicht anders und wird zurückrufen.«

»Hoffentlich tut er es rechtzeitig genug, um Nicola zu retten.«

»Darauf können wir leider nur hoffen. Schreiben Sie ihm jetzt zusätzlich ein paar Worte per WhatsApp. In der Zwischenzeit sollen die Kollegen sein Bild durch die Gesichtserkennung jagen. Möglicherweise ist er aus irgendeinem Grund einmal aktenkundig bei der Polizei geworden. Dann wüssten wir zumindest, ob er wirklich Ralf heißt, und bekommen eine Meldeadresse.«

»Der Punkt geht an Sie, Hartmann«, sagte Josef Mitheimer anerkennend. »Die Handyortung steht auch soweit«, ergänzte er nach einem zufriedenen Blick auf seine Handynachrichten.

»Schiebt sie in den nächsten freien OP. Bei dem hohen Blutverlust haben wir keine Zeit, uns lange mit Aufnahmen und Untersuchungen aufzuhalten«, rief der Oberarzt hektisch. »Ist ein Team einsatzbereit?«

»Ich melde uns an. Bereiten Sie sich einfach vor«, antwortete Krankenschwester Elke ihm ruhig. In ihrer langjährigen Dienstzeit hatte sie gelernt, auch in Notfallsituationen wie dieser einen kühlen Kopf zu bewahren. Sie griff zum Telefonhörer, unterrichtete das Operationsteam und deutete Herrn Doktor Roth mit einer Handbewegung an, zu gehen.

»Die drei ist frei und wartet auf Ihre Ankunft, also ab mit Ihnen«, wies sie den Arzt an, nachdem sie aufgelegt hatte.

Im Operationssaal, über dem der typische Geruch nach Desinfektionsmitteln hing, standen wartend sieben Personen in steriler Kleidung, als Doktor Roth hineineilte. Die Patientin lag auf dem Operationstisch und der diensthabende Anästhesist legte sie bereits in Narkose.

»Ich bitte alle anwesenden Kollegen, gemeinsam mit mir ihren diagnostischen Blick auf die Frau zu richten. Ich habe die OP angeordnet, ohne genau zu wissen, was uns erwartet.«

Er zeigte auf die Stichwunde im Bauch der Patientin. »Die Blutungen zu stoppen hat absolute Priorität. Ich hoffe, dass genügend Konserven bereitgestellt wurden?«

Eine Schwester nickte zustimmend.

»Dann sind alle bereit?«, fragte er und ließ sich das Skalpell reichen.

Er rannte den Brückweg hinunter und bog in die Hans-Sachs-Straße ab. Vor dem Schwimmbad an der Lache stoppte er und schnappte nach Luft. Er hatte Mühe sich nicht einfach auf den Boden fallen zu lassen und aufzugeben.

Was mache ich jetzt? Wohin kann ich gehen? Ein Gewirr aus Bildern der vergangenen Tage, die stetig in seinem Kopf aufstiegen, ließ keinen klaren Gedanken zu. *Was ist nur in mich gefahren? Was hast du aus mir gemacht? Hilf mir, Lydia!* Hartmut spürte den trommelnden Herzschlag in der Brust und atmete tief ein. *Beruhige dich, sonst explodiert dein Herz.* Er griff in die Hosentasche und zog das Smartphone heraus. Dabei bemerkte er, dass getrocknetes Blut an seinem rechten Arm klebte. Angeekelt wischte er mit einem Papiertaschentuch darüber, bevor er auf das Display des Handys blickte. Lydia hatte erneut versucht, ihn zu erreichen. Er sah, dass die Anzeige der Mailbox blinkte und eine Nachricht hinterlassen worden war. Er jubilierte innerlich und tauchte in eine Welle von Glückseligkeit ab. *Was sie mir wohl sagen möchte? Wahrscheinlich vermisst sie mich,* dachte er selig.

Glaubst du das wirklich?, meldete der Chor im Kopf sich belustigt zu Wort. *Sie kann dich nicht ausstehen. Warum auch, du bist ein Loser und wirst es immer bleiben. Schaut ihn euch an, Hartmut, ein Versager auf ganzer Linie.* Instinktiv drückte er seine Zeigerfinger mit einer solchen Wucht in die Ohren, dass es schmerzte. Dabei glitt ihm das Smartphone aus der Hand und purzelte polternd auf den Bordstein. Das Display, das augenblicklich unzählige Risse aufwies, wurde schwarz. Hartmut jaulte zornig auf. Er versuchte, das Handy wieder zum Leben zu erwecken, und erkannte, dass nichts mehr zu retten war. Außer dem gesprungenen Bildschirm musste das Telefon weitere Schäden abbekommen haben, denn es reagierte auf keinen seiner Tastenbefehle.

Auf dem Revier sahen die Polizisten im Revier das blinkende Symbol auf dem Bildschirm erlöschen. »Verfluchte Scheiße, er hat es ausgeschaltet.« Rasch gab der Beamte die letzte bekannte Position per Funk an alle Streifen weiter.

»Dann fahre ich zu ihr«, rief Hartmut entschlossen und lief zur Bushaltestelle, an der gerade ein Bus der Linie 11 anhielt.

Heiliges Kanonenrohr«, rief Dr. Roth überrascht auf. »Einen Schutzengel, der so schnell fliegen kann, wie der der Patientin, wünsche ich mir auch. Sehen Sie das, Kollegen? Die Klinge drang neben der Aorta in den Bauchraum ein. Die Blutung hat ihren Hauptursprung in der Vena renalis sinistra. Zum Glück kein Treffer in die benachbarte Nierenarterie, denn dann wäre sie bereits verblutet. Die getroffene Nierenvene ist nur angestochen und nicht durchtrennt. Ein weiterer lebensrettender Zufall, den Fortuna für die Patientin im Gepäck hatte. Der hohe Blutverlust wird der Frau noch eine Weile zu schaffen machen, aber nach ein paar Konserven hat sie gute Chancen, den Angriff zu überleben.« Er wandte sich an eine Studentin, die ein Praktikum am GPR-Klinikum absolvierte. »Können Sie außer dem Schaden an der Nierenvene weitere Verletzungen erkennen?«

Die junge Frau trat an den OP-Tisch, sah konzentriert in den offen Bauchraum und schüttelte den Kopf. »Nein, ich kann nichts entdecken, was zusätzliche operative Maßnahmen erfordert. Aber ich sehe, dass ihr Herz sehr langsam schlägt.« Sie deutete auf den Überwachungsmonitor. »Sie ist bradykard, Herzschlag unter 46 pro Minute. Es ist höchste Zeit, etwas dagegen zu unternehmen. Sonst ist ihr Schutzengel seine Runden umsonst geflogen.«

Während der Oberarzt gemeinsam mit dem Anästhesisten die notwendigen Maßnahmen ergriff, um die Herzfrequenz der Verletzten zu normalisieren, nahm er sich vor, zu einem späteren Zeitpunkt mit der angehenden Ärztin über ihre Zukunftspläne zu sprechen. Alle im OP Anwesenden waren so vom enormen Glück der Patientin fasziniert und abgelenkt, dass niemand uneingeschränkt die Aufgaben erledigte, für die er die Verantwortung trug. Herr Doktor Roth gestand sich ein, dass auch er heute einen Schutzengel, in Person einer jungen Medizinstudentin, an seiner Seite gehabt hatte.

Nach dreißig Minuten hektischer Betriebsamkeit erlaubte er der Studentin, die Schlussnaht zu setzen. »Ab jetzt sind sie für ihre Überwachung verantwortlich. Melden Sie mir umgehend, wenn Sie etwas entdecken, was Komplikationen bedeuten könnte. Sie haben das wirklich gut gemacht.«

Die junge Frau errötete. »Danke, Herr Doktor Roth.«

»Keine Ursache, aus Ihnen wird sicher eine hervorragende Medizinerin.«

07. JULI 2016, BAHNHOF, RÜSSELSHEIM

»Siehst du den Kerl, der da drüben über den Bahnhofplatz rennt? Ich glaube, das ist der vom Foto, das die Kripo vorhin an alle Streifen übermittelt hat«, sagte der Polizist.

Seine Kollegin kniff die Augen zusammen und blickte zu dem davoneilenden Mann. »Du hast recht, park da vorne.«

Die Beamten rannten vom Taxiparkplatz über die Treppen zum Bahnsteig zwei. »Hoffentlich bemerkt er uns nicht gleich. Wenn wir ihn überrumpeln, wohl kaum«, sagte der junge Polizist am oberen Treppenabsatz.

»Noch scheint er ahnungslos. Guck mal, er hat sich die Finger in die Ohren gesteckt und bewegt unentwegt die Lippen. Gab es außer der Warnung, dass er bewaffnet sein könnte, auch einen Hinweis darauf, dass er psychische Probleme hat?«

»Nicht, dass ich wüsste«, entgegnete ihr Kollege und gab einer Frau auf dem Bahnsteig mit einer Geste zu verstehen aus dem Weg zu treten. »Los«, rief er und rannte auf den Mann zu, der noch immer völlig in Gedanken versunken an der Bahnsteigkante stand.

Ja, Hartmut, beweise einmal mehr, wie bescheuert du bist. Fahr zu deiner geliebten Lydia. Was glaubst du, wird das bringen? Hoffst du, dass sie in ein durchsichtiges Negligee gehüllt in der Tür steht und dir mit rotgeschminkten Lippen einen dicken Begrüßungskuss gibt? Als ob sie jemals auch nur einen Funken Interesse an dir gehabt hätte. Die Finger bohrten sich tiefer in den Gehörgang, während er den Oberkörper hin und her wiegte und kräftig ein- und ausatmete.

Sie vermisst mich und das bedeutet, dass sie mir Gefühle entgegenbringt, teilte er dem Chor in seinem Kopf mit. *Sonst hätte sie mir keine Nachricht auf der Mailbox hinterlassen, oder?*

Du weißt nicht einmal, was sie gesagt hat. Hast das Ding fallenlassen, Idiot! Sie mag es sich mit dir zu unterhalten, das ist alles. Weil du ein Speichellecker bist und ihr ständig Komplimente machst. Das ist es, was ihr an dir gefällt. Von Liebe keine Spur. Und jetzt, wo du zwei ihrer Freundinnen auf dem Gewissen ...

»Stehenbleiben und die Hände nach oben, sofort«, riss eine barsche männliche Stimme ihn aus den Gedanken. Hartmut drehte sich um, sah die Polizisten auf ihn zueilen, hörte das Geräusch des einfahrenden Zuges und machte einen Schritt über die Bahnsteigkante. *Na endlich,* riefen die Klassenkameraden, bevor er auf den Gleisen landete.

EPILOG

Die Beamten standen dicht beisammen, als die Glocken der Kirche läuteten und den Beginn der Trauerfeier ankündigten. Axel Neumanns Familie, die aus Dortmund angereist war, um Freunden und Kollegen zu ermöglichen, sich vor Ort von ihrem Arbeitskollegen zu verabschieden, betrat die Trauerhalle. In einem Gespräch mit Josef Mitheimer hatten sie erklärt, dass in den Unterlagen des Sohnes sowohl ein Testament als auch ein Papier mit den Wunsch vorlag, die Begräbnisfeier in Rüsselsheim stattfinden zu lassen. Die Urne sollte erst danach in Dortmund begraben werden.

»Ich habe nie geahnt, dass er vor uns sterben könnte. Doch er wusste es anscheinend besser. Die Arbeit als Polizeibeamter birgt nun mal das Risiko, einem Kriminellen über den Weg zu laufen, der einen umbringt«, sagte Herr Neumann traurig. »Allerdings freuen wir uns darüber, dass die Trauerfeier genau nach seinen Vorstellungen abläuft.«

»Axel wird uns allen fehlen«, erklärte Mitheimer Hannah leise und tupfte eine Träne aus dem Augenwinkel. »Er war ein ausgezeichneter Polizist.«

Das Kollegium der Rüsselsheimer Polizei nahm in den hinteren Reihen der Trauerhalle Platz. Der Pfarrer begrüßte die Trauergemeinde und sprach einige einleitende Worte, bevor er ankündigte, eine Bandaufnahme abzuspielen, die der Verstorbene eigens für seine Beisetzung aufgenommen habe. Ein erschrockenes Raunen ging durch die Trauergäste. Çetin wischte sich mit dem Papiertaschentuch, das er vorsorglich bereithielt, die Tränen von den Wangen.

»Liebe Mama, lieber Papa, Schwesterchen, Freunde und Kollegen. Es mag euch etwas seltsam vorkommen, meine Stimme zu hören, während ich bereits tot bin. Steckt die Überraschung einfach eine Weile weg und hört zu. Schon als ich die Ausbildung zum Polizisten begann, wusste ich, dass jeder Beamte das Risiko eingeht, bei der Ausübung seiner Pflicht ums Leben zu kommen. Das hat mich nie abgeschreckt oder davon abgehalten, den Wunsch in mir, Menschen zu retten und zu schützen, wahr werden zu lassen. Auf der Dienststelle in Rüsselsheim lernte ich Kollegen kennen, die mir zum Vorbild wurden. Mein Respekt und die Anerkennung für ihre Arbeit ist grenzenlos. Ich bin froh und dankbar für jeden Tag, an dem ich Teil dieses tollen Teams sein durfte. Ihr seid mit Leib und Seele Polizisten, und ich wünsche mir, dass das immer so bleibt. Tausend Dank, dass ihr mir so viel beigebracht und mir geholfen habt, den Job stets zu lieben. Ich hoffe, ihr werdet mich auch ein wenig vermissen.«

Çetin lies den Tränen freien Lauf und nahm den Rest der Bandaufnahme nur noch am Rande wahr – Axel Neumann widmete sich seiner Familie und sprach tröstende und dankbare Worte. Hardy schubste den Kollegen vorsichtig an. »Das war einfach großartig, wir müssen unbedingt Hannah davon erzählen.«

»Ja«, flüsterte er unter Tränen. »Aber erst, wenn sie sicher sein kann, dass Cornelius wieder völlig gesund wird.«

»Ja, da hast du recht«, erklärte Hardy nickend. »Vielleicht geben uns Axels Eltern ein Kopie der Aufnahme.«

»Bestimmt. Ich werde ihn sehr vermissen!«

»Ich auch, wir alle«, sagte Hardy traurig.

Gemeinsam lauschten sie dem Rest der Trauerfeier, kondolierten der Familie und liefen dann zum Wagen.

»Meinst du, sie nimmt den Dienst bald wieder auf?«, fragte Çetin.

»Hundertprozent. Zumindest hat sie das gestern am Telefon gesagt. Sie ist fast den ganzen Tag bei Cornelius in der Klinik. Aber bei ihm geht es ja zum Glück aufwärts. Heute ist sie zu seiner Mutter gefahren, um ihr beizustehen. Denn heute Nacht ist Cornelius' Vater gestorben. Nur deshalb ist sie heute nicht hier.«

»Verstehe. Die arme Frau macht auch ganz schön was durch.«

»Allerdings«, Hardy nickte. »Du hast ihn sehr gemocht, oder?«

»Ja«, erklärte Çetin betrübt. »Er hat kein Fettnäpfchen ausgelassen, trug sein Herz am rechten Fleck und brachte mich immer zum Lachen. Er wird mir ungemein fehlen.«

Hardy nickte. »Lass uns aufs Revier fahren und die Akte Ralf alias Hartmut Euler abschließen. Hast du die Tagebuchaufzeichnung gelesen, die wir in dem schäbigen gemieteten Zimmer gefunden haben?«

»Nur kurz überflogen, warum?«

»Der Tod von Susanne Dettmann war wirklich eine Verkettung von Zufällen und eigentlich ein Unfall. Da lag unsere Rechtsmedizinerin mit ihrer Vermutung goldrichtig. Aber dass dieser Euler den Umstand nutzte, um sich in das Leben von Lydia Piotrowski zu schleichen, ist abartig. Stell dir das doch mal vor, er bringt ihr Blumen und macht ihr den Hof, obwohl er weiß, dass er den Tod ihrer Freundin zumindest mitverschuldet hat. Ist nicht zu fassen.«

»Aber nachvollziehbarer als der Angriff auf Nicola Schwarzer. Zum Glück wurde sie rechtzeitig operiert«, antwortete Çetin nachdenklich. »Wieso ist der eigentlich so ausgetickt?«

»Das, mein lieber Kollege, sollten wir einem Psychiater überlassen. Zumindest weiß ich aus seinen Eintragungen, dass er offenbar Stimmen hörte. Auch der Vater scheint da irgendwie mitzuspielen.«

»Also wie gehabt«, wandte Çetin ein. »Schlimme Kindheit und die Stimmen, die ihn zu all dem getrieben haben. Aber am Ende hat er uns die Gerichtsverhandlung erspart.«

»Amen«, erwiderte Hardy und öffnete die Wagentür.

ANMERKUNGEN UND DANKSAGUNG

Vor Ihnen liegt der dritte Teil der Rhein-Main-Krimi Reihe. Zunächst einmal recht herzlichen Dank an Sie, liebe Leserinnen und Leser, dass Sie sich zum Kauf des Buches entschlossen haben ♥.

Auch in Fall drei bekommen Hannah Bindhoffer und Jens Hartmann viel zu tun. Nachdem Sie Ihre Lektüre beendet haben, möchte ich Ihnen einige Worte zur Story mit auf den Weg geben. Die Angaben zu Sprengstoffarten und deren Verwendung enthielten eine Portion künstlerischer Freiheit von mir. Ich hoffe und bete, dass es unmöglich ist, eine Waffe dieser Art herzustellen und zu benutzen. Nehmen Sie es in der Hinsicht also bitte nicht allzu genau.

*

Mein Dank gilt zuallererst meiner Familie und meinen Freunden, die mich stets aufs Neue motivieren, wirre Gedanken und Ideen zu ordnen, um sie auf Papier zu bringen. Danke, Daddy, du bist ein Ass im Auffinden fehlender Worte und verdrehter Buchstaben.

Danke, Tina, für die Bereitstellung der Umgebung von Lydia. Danke an Siggi für das Entdecken der Auffindestelle im Raunheimer Wald. Lieben Dank an Sabine, die Inspiration von deinen Schaufensterpuppen war einmalig. Dazu ein fetter Kuss an ClauDia.

*

Zudem lieferte Caroline Funke von Midnight by Ullstein wie bei jedem Rhein-Main-Krimi wunderbare Ideen und Anregungen zur Abrundung der Geschichte. Herzlichen Dank an Kerstin Fröber, die mich über gefundene Tippfehler in der Erstauflage informierte und damit half, die Ihnen vorliegende Auflage zu verbessern.

*

Danke an Hannah, Hardy und Çetin, die mich mit ihrem inzwischen entwickelten Eigenleben vorantreiben und zusätzliche unvorhersehbare Einflüsse in den Schreibprozess einbringen.

*

Ein herzliches Dankeschön an Uli und alle Buchhändler und Buchhändlerinnen, die mein Werk ausstellen und in ihr Sortiment aufnehmen, damit es gemeinsam mit anderen Romanen den Geruch frischgedruckter Bücher verbreiten darf.

*

Den höchsten Dank verdienen Sie, liebe Leserinnen und Leser, denn ohne Ihr Interesse an meinen Geschichten und der Investition Ihres Geldes, könnte ich zusammenpacken und mir ein anderes Hobby suchen.
Ich freue mich über jede Reaktion von Ihnen, sei es in Form von Mailkontakt: s.hausser@t-online.de, einer Rezension in einem Onlineshop oder Buchblog. Wenn Sie das Buch weiterempfehlen möchten, nur zu, Mundpropaganda ist ein wichtiger Teil meiner Arbeit und die beste Werbung für Autoren.

Bis zum nächsten Fall des Rhein-Main-Teams.

Herzliche Grüße
Sandra Hausser

Tod auf leisen Pfoten

Der erste Fall für Hannah Bindhoffer

Kommissarin Hannah Bindhoffer hat in Rüsselsheim ein neues Zuhause gefunden. Auch mit Jens Hartmann, ihrem Partner bei der Kripo, versteht sie sich blendend. Die beiden werden zu einem Tatort gerufen, an dem eine tote Frau gefunden wurde. Zunächst deutet alles auf einen Selbstmord hin. Ein Abschiedsbrief, gedämpfte Beleuchtung und die passende Musik untermauern den Verdacht. Doch schon bald müssen die Kommissare feststellen, dass nichts ist, wie es scheint. Als ein weiterer Mordanschlag gerade so vereitelt werden kann, geraten die Ermittler unter Druck...

Cold Case – Spurlos

Seit Hannahs neuer Vorgesetzter krank ist, ist nicht viel los im Rüsselsheimer Polizeipräsidium. Deshalb beschäftigen sich die Kommissarin und ihre Kollegen mit einem Cold Case, einem alten Fall, der nie gelöst wurde. Ein Junge ist auf dem Weg zur Schule spurlos verschwunden, einziges Indiz: sein auf einem Spielplatz zurückgelassenes T-Shirt. Dank neuester Technik können die Polizisten nun die DNA-Spuren auf dem Kleidungsstück genauer unter die Lupe nehmen. Sie machen eine erstaunliche Entdeckung. Und plötzlich sind ihre Ermittlungen aktueller und gefährlicher denn je.